Über die Autorin:
Evelyne Bucher wurde 1986 in Bern geboren. Heute ist sie verheiratet und lebt mit ihrem Mann und ihrem Sohn im schönen Gürbetal im Kanton Bern. Sie ist Angestellte in der Administration einer Baufirma. Privat liebt sie kreative Tätigkeiten. Mit ihrem Roman TRAUMTOD hat sie sich einen lang gehegten Traum vom eigenen Buch erfüllt.

EVELYNE BUCHER

TRAUM
TOD

MYSTERY THRILLER

Impressum

Bibliografische Information der Deutschen Nationalbibliothek: Die Deutsche Nationalbibliothek verzeichnet diese Publikation in der Deutschen Nationalbibliografie; detaillierte bibliografische Daten sind im Internet über dnb.dnb.de abrufbar.

© 2020 Evelyne Bucher
Herstellung und Verlag: BoD – Books on Demand, Norderstedt

ISBN: 978-3-752-62216-4

für Raffael,
vielleicht liest du dieses Buch eines Tages,
wenn du alt genug bist.

»Ein Traum, den Sie allein träumen, ist nur ein Traum. Ein Traum, den Sie gemeinsam träumen, ist Realität.«

John Lennon, 1940–1980

1.

Die Strahlen der Morgensonne bahnten sich ihren Weg durch die Chicagoer Wolkenkratzer, während Grace auf ihrer Bettdecke nach ihrem Smartphone suchte. Der Wecker klingelte schon eine Weile unbeeindruckt vor sich hin.

Als sie ihr Handy nach etlichen Fehlgriffen am Fußende des Bettes ertastete, drückte sie wahllos auf dem Display herum, um den nervtötenden Klingelton zum Schweigen zu bringen. Sie warf sich in ihre weichen Kissen zurück und beobachtete eine Zeitlang ihre Hände.

Kein Zittern.

Das erste Mal seit geraumer Zeit wachte sie nicht schweißgebadet auf. Die Albträume der letzten Nächte hatten ihr sehr zu schaffen gemacht. Erschlagen von ihren eigenen Fantasien, war sie nun froh, endlich eine erholsame und vor allem traumlose Nacht verbracht zu haben. Zufrieden und noch etwas verschlafen, warf sie sich die Bettdecke nochmals über den Kopf. Einige Minuten später quälte sie sich doch aus ihrem wohlig warmen Bett und schlurfte durch ihr Appartement im 4. Stockwerk eines Hochhauses in der Nähe von Wrigleyville, Chicago.

Eigentlich konnte sie sich diese 4.5-Zimmer-Wohnung mit ihrem Beruf als Kellnerin in der Bar nicht leisten, aber durch ihr Aussehen erhielt sie ziemlich viele Zuschüsse der Barbesucher, was ihr nur recht war. Da sie keine zusätzlichen Dienste anbot, konnte sie das mit ihrer Moral sehr gut vereinbaren. Ein bisschen Lächeln, etwas kürzere Tops tragen und schon flogen die grünen Scheinchen über die Theke. Je mehr die Jungs tranken, desto großzügiger wurden sie mit ihren Brieftaschen. Da es für sie nicht mehr bedeutete, als ab und zu einem Typen den Drink zu servieren und ihm dabei schöne Augen zu machen, war dieses Trinkgeld ziemlich leicht verdient.

Als sie an der Kaffeemaschine ankam, strich Kater Charly ihr genüsslich um die Beine und verlangte mit seinem blaugrün-blitzenden Blick nach Futter. Wer konnte da schon widerstehen.

»Guten Morgen, mein Kleiner«, brummte Grace zu ihm hinunter und hob ihn auf, um ihm einen kleinen Nasenstupser zu geben.

»Wie wäre es mit Frühstück? Hmmh?«

Sie setzte ihn wieder ab, nahm das Schälchen, füllte es mit Trockenfutter und stellte es ihm auf den hellbraunen Parkettboden. Charly stürzte sich darauf wie ein Tiger auf seine Beute. Grace nahm sich einen Kaffee und sah zu, wie der Kater sich nach der Mahlzeit von oben bis unten putzte. Sie überlegte sich, es ihm gleichzutun, und schlenderte in ihrem hellrosa-karierten Pyjama ins Bad, um sich den Schlaf aus dem Gesicht zu waschen.

Sie betrachtete sich eine Weile im Spiegel. Die kleinen Lachfältchen hatten ja etwas an sich, jedoch waren sie auch irgendwie besorgniserregend. Nicht mehr lange und die jüngere Generation würde sich das Trinkgeld im Club unter den Nagel reißen. Die Worte einer Bekannten hallten in ihren Ohren wider.

»Schätzchen, hast du gewusst, dass die Haut ab 25 Jahren altert? Genau, Schätzchen, ab 25 werden unsere Zellen alt und langsam wie Schnecken. Kein Scherz, Kleine, kein Scherz.«

Wenn das stimmte, raffte also ihre Haut schon seit vier Jahren einfach vor sich hin. Grace zog an ihrem Gesicht herum und versuche ihre feinen Fältchen zu glätten, jedoch erfolglos, denn sie sprangen gleich wieder in ihre Ursprungsform zurück.

Ist wohl langsam an der Zeit, einen Termin bei der Kosmetikerin zu vereinbaren, dachte sie beiläufig und fing an, ihre Haarbürste zu suchen. Nach drei vergebens geöffneten Schubladen, konnte sich die Bürste nur noch im Spiegelschrank oberhalb des Waschbeckens befinden. Den Haargummi schon am Handgelenk bereit, öffnete sie den Schrank. Und jawohl – da lag sie. Sie bürstete ihr dunkelbraunes, schulterlanges Haar und knotete es zu einem Pferdeschwanz zusammen, legte die Bürste zurück und schloss den Schrank.

Sie duckte sich instinktiv. Die Axt verfehlte ihr Ziel und der Spiegel zerbarst klirrend tausend Stücke.
Was zum Teufel?
Ohne einen Blick auf den axtwerfenden Angreifer zu riskieren, machte sie einen Satz in ihr Ankleidezimmer und warf die Tür hinter sich zu.
Ach du Scheiße! Was war das? Ein Ninja? Ein Auftragskiller? Aber wieso?
Ihr Gehirn lief auf Hochtouren, konnte aber keinen klaren Gedanken fassen.
Eines wusste sie: Sie musste hier raus. Der Angreifer versuchte mit den Schultern die Tür aufzuschlagen.
Poch! Poch! Poch!
Sie wich vor der Tür zurück und schnappte nach Luft. Und jetzt? Sie brauchte irgendwas, um sich zu wehren. Er warf sich erneut an die Tür, sie wusste, er brauchte nicht mehr lange und die Tür würde brechen. Sie griff sich ihre pinken Sneakers, schlüpfte hinein und sprang zur gegenüberliegenden Tür hinaus in den Gang. Als sie an der Wand entlang schlich, hörte sie ihr eigenes Herz klopfen. Geräuschlos tappte sie in

das Schlafzimmer, in dem sich immer noch das Smartphone befand.

Plötzlich rannte jemand mit voller Wucht auf sie zu und warf sie zu Boden. Sie prallte heftig mit dem Hinterkopf auf dem Fußboden auf und verlor für einen Bruchteil einer Sekunde das Bewusstsein.

Als sie die Augen wieder öffnete, holte der Unbekannte für den Todesschlag aus. Grace bündelte ihre ganze Energie und versuchte sich loszureißen. Sie kickte, boxte, wälzte sich hin und her und schrie in der Hoffnung, dass sie jemand hörte.

Im Eifer des Gefechtes traf sie den Unbekannten mit ihrem Ellbogen heftig am Unterkiefer. Er taumelte kurz, was sie ausnutzte, um auf allen Vieren in die Küche zu kriechen. Hinter sich hörte sie, wie sich ihr Gegner langsam aufraffte und auf sie zukroch. Während sie an der Küchentheke vorbei in das Schlafzimmer rannte, nahm sie sich das größte Messer aus dem Messerblock. Im Zimmer angekommen, legte sie sich hinter das Bett auf den Boden. Für einen Moment lag sie bewegungslos da und versuchte zu Atem zu kommen. Sie hatte die Tür vergessen abzuschließen. Wo war ihr Handy? Auf der anderen Bettseite. Die Tür sprang auf. Der Angreifer kam langsam herein und hinkte ein wenig. Das könnte ein Vorteil für sie sein. Sie legte sich langsam auf ganz flach auf den Boden und kroch unter das Bett, ohne irgendeinen Laut von sich zu geben. Auf der anderen Seite des Bettes sah sie ihr Mobiltelefon leuchten.

Der Ninja-Typ durchstreifte das Zimmer wie eine Raubkatze auf Beutejagd. Grace hatte Mühe, leise zu atmen, am liebsten hätte sie losgeheult und tief in die Lunge hinein- und wieder ausgeatmet, aber hätte sie das getan, hätte ihr letztes Stündlein geschlagen. Sie hörte, wie ihr Angreifer den Schrank mit voller Wucht öffnete und ihn auf der Suche nach ihr durchwühlte.

Noch einen Meter bis zum Ende des Bettes.

Sie kroch langsam weiter, während er sich vom Bett weiter entfernte. Als sie auf der anderen Seite angekommen war, ergriff sie ihr Handy, wählte die 911 und ließ es klingeln.

»Chicago Police Departement, was kann ich für Sie tun? Hallo? Sir? Ma'am? Können Sie mich hören? Hallo?«

Grace legte das Handy auf den Boden, in der Hoffnung, dass die Polizei den Anruf zurückverfolgen und bald vor der Tür stehen würde. In diesem Moment bemerkte sie die verdächtige Stille, die sich über den Raum gelegt hatte. Ihr lief ein Schauer über den Rücken.

War er fort?

Sie versuchte sehr vorsichtig unter dem Bett hervorzukriechen. Das Messer fest mit der rechten Hand umklammert, öffnete sie ganz behutsam die Schlafzimmertür, die in den Gang führte. Sie presste sich die Hand vor den Mund, um den Schrei zu verkneifen, der ihr in der Kehle saß, als Kater Charly ihr nichtsahnend um die Beine strich.

Als sie wieder etwas klarer denken konnte, versuchte sie, sich Richtung Haustüre zu schleichen. Der Kater folgte ihr in der Annahme, etwas Futter zu erhaschen. Sie spürte die Hände an ihrem Hals zu spät und merkte, wie langsam der Boden unter ihren Füßen verschwand. Es war dunkel und sie sah nur die Umrisse ihres Gegenübers. Jedoch fühlte sie klar und vor allem schmerzvoll seine Entschlossenheit. Sie wusste, er würde nicht aufhören, bevor kein Hauch Leben mehr ihn ihr war. Nach Luft ringend und mit allerletzter Kraft rammte Grace ihm das Messer in den Bauch. Mehrmals.

Das Gefühl, wie sich das Messer durch das Fleisch bohrte, ließ sie schaudern, doch sie hörte nicht auf. Der Angreifer löste seine Hände von ihrem Hals, japste und spuckte Blut aus dem Mund. Grace schnappte nach Luft, griff nach dem Hausschlüssel und rannte los, ohne noch einmal zurückzublicken. Sie wollte nur noch raus und stürzte die Treppe hinunter ins Freie, mitten auf die Straße. Sie versuchte sich mit den Händen vor der tiefstehenden Morgensonne abzuschirmen. Es brannte und ihre Pupillen mussten sich zuerst an das Tageslicht gewöhnen. Sie bemerkte gar nicht, dass sie von den umstehenden Leuten angestarrt wurde. In blutgetränktem Pyjama und pinken Nike's taumelte sie durch die Menschenmenge. Sie war verwirrt, das Adrenalin schoss noch immer durch ihren Körper.

Die Menschenmenge um sich herum nahm sie nicht wahr. Auch die Gestalt neben ihr nicht, die sie nur seltsam anstarrte.

Wie ein Geist.

Nein, kein Geist, es war ein Mann, dunkel angezogen. Er bewegte sich nicht, er sah ihr nur nach. Grüne Augen und dieser fragende Blick ...

Grace war nur glücklich, am Leben zu sein. Sie sah das Taxi nicht kommen. Der Knall war dumpf. Der Aufprall hart. Und es wurde wieder dunkel.

Als sie dieses Mal erwachte, war es realistischer – so wie sie es von den letzten Tagen her gewohnt war. Schweißgebadet, staubtrockener Mund, tränenüberströmte Backen und Herzrasen.

Der Wecker klingelte wohl schon eine Ewigkeit neben ihr.

Charly sah sie schon ganz beleidigt an, da er ungeduldig auf sein Frühstück wartete.

»Hey mein Kleiner, na, komm zu mir, ich brauch kurz eine kleine Umarmung.«

Charly ließ sich das nicht zweimal sagen und sprang mit einem Satz auf das Bett. Er schnurrte schon vor der ersten Berührung und ließ sich von oben bis unten kraulen.

Grace war gedankenverloren und versuchte den Traum irgendwie einzuordnen. Aber sie wusste, dass dies nicht möglich war. Wie auch in den vergangenen Nächten war es ein Kampf um Leben und Tod gewesen. Doch dieses Mal war realer als sonst. In ihrer Wohnung, ihrem Zuhause.

Der Gedanke daran stellte ihr die Nackenhaare auf. Noch bevor sie sich aufsetzte, griff sie zum Telefon und wählte die altbekannte Nummer. Es klingelte.

»Hey Süße, schon wach? Du bist doch erst um fünf ins Bett?«

»Judith, ich hatte schon wieder einen schrecklichen Traum.«

»Okay, Liebes, ich komm gleich rüber.«

Grace legte auf und merkte, wie sich ihr Puls langsam wieder normalisierte.

2.

*I*n Evanston, 15 Meilen nördlich und direkt am Lake Michigan gelegen, stand C.J. vor seinem Elternhaus. Er betrachtete die langsam in sich verfallende Fassade seines ehemaligen Zuhauses. *Ich muss mich unbedingt mal darum kümmern,* dachte er.

Früher hatte sein Vater Martin das Haus in Schuss gehalten, aber seit er verstorben war, war niemand außer ihm noch da, sich darum zu kümmern. Luckys Sprung über den Gartenzaun riss C.J. aus seinen Gedanken. Lucky wedelte vor Freude so stark mit dem Schwanz, dass er sich selbst fast umhaute. C.J. ging auf die Knie und umarmte den Golden Retriever. Er nahm dem Hund das versabberte Spielzeug aus dem Mund und warf es ihm über den Gartenzaun zurück in den Rasen.

»Hol es dir, Junge, komm schon.«

»Na? Hat dich das Begrüßungskomitee schon in

Empfang genommen?«

»Hallo Mom.«

C.J. umarmte seine Mutter Dorothee zur Begrüßung und gab ihr einen Kuss auf die Wange.

»Hallo mein Junge. Schön dich zu sehen. Komm rein. Trink einen Kaffee mit mir.«

C.J. genoss mit seiner Mutter einen frisch gebrühten Kaffee. Der herrliche Duft der selbstgemachten Muffins, die seine Mutter auf den Tisch stellte, kroch in seine Nase. Er konnte nicht widerstehen und schnappte sich einen. Später am Nachmittag machte er seine wöchentliche Runde mit dem Rasenmäher und schnitt die Hecken etwas kürzer. Sein weißes T-Shirt war schon schweißgetränkt und klebte an seinem muskulösen Oberkörper, als seine Mutter ihm ein Glas frisch gepresste Limonade nach draußen brachte. Ab und an gönnte er sich kurz eine Pause und erlaubte sich ein kleines Schwätzchen mit den Nachbarn, während sich Lucky genüsslich im frisch gemähten Rasen hin- und herwälzte.

»Clark Jonathan Nolan, setz dich wieder hin! Du hast noch fast nichts gegessen! Ich war den ganzen Tag in der Küche, damit du wenigstens einmal in der Woche anständig isst.«

Clark Jonathan. Er hasste seinen kompletten Namen. Seine leiblichen Eltern, die er nicht einmal kannte, hatten ihn auf den Namen Clark getauft, und sein richtiger Vater, wie er ihn nannte, hatte ihm den zweiten Namen Jonathan gegeben.

Sein Vater war als Kind ein richtiger Comic-Fan gewesen, vor allem die Superman-Hefte hatte er innig geliebt. Wenn C.J als kleines Kind nicht einschlafen konnte, erzählte ihm sein Vater immer wieder von den abenteuerlichen Geschichten des Clark Kent, alias Superman. Dem Helden aus Stahl und wie er die Menschen vor dem Bösen rettete.

Martin Nolan empfand es damals wohl als Schicksal, als eines Tages das Adoptionsamt anrief, um ihm und seiner Frau mitzuteilen, dass ein Baby Namens Clark zur Adoption freigegeben wurde. Sie stiegen damals mitten in der Nacht ins Auto und fuhren ohne einmal anzuhalten nach Decatur, Alabama, um ihn abzuholen und endlich ihr Wunschkind in ihre Arme zu schließen.

»Weißt du, Jonathan Kent fand Clark damals als kleinen Jungen in einem riiiiesigen Maisfeld, mitten im Nirgendwo. Er nahm ihn mit zu sich nach Hause und zog ihn als seinen eigenen Sohn auf. Und weißt du, er wusste von Anfang an, dass dieser Junge ein ganz besonderes Kind war, so wie du, mein Sohn. Und nun, schlaf schön. Hab dich lieb.« Er fühlte noch heute den innigen Schmatzer, der sein Vater ihm jeden Abend auf die Stirn drückte.

Daraus entstand sein Name Clark Jonathan Nolan. Trotz der schönen Erinnerungen an seinen Vater und an seine Kindheit hasste er es wie die

Pest, wenn seine Mutter ihn so rief. Deshalb bildete sich aus Clark Jonathan ziemlich schnell sein Spitzname C.J.

Er wusste, es blieb ihm nichts anderes übrig, als sich wieder hinzusetzen und sich noch einen Teller zu füllen. Es schmeckte sehr und er genoss jeden Bissen davon, aber er hatte schon längst den obersten Knopf seiner Hose geöffnet.

Später am Abend saßen sie gemeinsam noch etwas auf der Veranda und tranken einen Kaffee. Die Grillen gaben ihr sonntägliches Konzert. Natürlich hatte seine Mutter das Sonntagsgeschirr für ihn bereitgestellt und goss ihm aus der mit blauen Blumen verzierten Kanne noch etwas Kaffee ein.

»Na, mein Großer? Wie läuft es bei dir so?« Dorothee gab der Hollywoodschaukel einen kleinen Stoß, damit sie ein wenig vor- und zurückwippten.

»Nicht schlecht, Mom. Muss viel lernen. Wusste gar nicht, dass das College beim zweiten Anlauf so hart sein kann.«

Sie hörten sich für einen Moment das Zirpen der Grillen an. Dorothees Augen füllten sich mit Tränen, was sie aber versuchte zu unterdrücken.

»Was ist los, Mom? Stimmt was nicht?«

»Nein, Clark, alles bestens. Ich bin nur so unheimlich stolz auf dich. Wie du das alles meisterst. Die Uni, die Arbeit. Und dann kommst du mich alte Schachtel noch fast jeden Sonntag besuchen.«

Clark nahm seine Mutter in den Arm und drückte sie fest an sich. Sie schluchzte und wischte sich eine Träne ab, die ihr die Wange hinunterkullerte.

»Du hättest damals das College nicht abbrechen sollen. Ich wäre nach Martins Tod schon irgendwie zurechtgekommen. Und jetzt musst du mit 31 Jahren nochmals die Schulbank drücken.«

C.J. lehnte sich auf der Schaukel zurück und sah zu, wie ein Flugzeug im schwarzen Nichts gleichmäßig im Takt blinkte und über ihren Köpfen vorbeizog. Ohne seinen Blick vom Himmel abzuwenden, seufzte er tief und sprach fast unhörbar leise.

»Dieses Gespräch hatten wir einfach zu oft, Mom. Lass es sein. Ich habe das College nicht nur wegen dir abgebrochen. Ich hatte damals nicht die Kraft, weiterzufahren. Ich habe dich damals genau so sehr gebraucht wie du mich.«

Er legte seinen Arm über ihre Schultern und gab ihr einen Kuss auf die Stirn.

»Ich muss langsam los.«

Dorothee umschloss seine Hand ganz fest.

»Pass auf dich auf, mein Junge.«

Als er in seinem Wagen saß, winkte ihm seine Mutter von der Veranda aus zum Abschied zu. Lucky saß beschützerisch neben ihr. Auf der Beifahrerseite lagen wie üblich verschiedene Tupperware-Schälchen, gefüllt mit den verschiedensten Leckereien. C.J. winkte seiner Mutter zurück, legte den Rückwärtsgang ein und fuhr aus der Einfahrt auf die Straße Richtung Chicago City.

Kaum hatte er die Tür zu seinem Apartment geöffnet, klingelte sein Handy. Er warf seine Jacke über einen Stuhl und versuchte den Anruf entgegenzunehmen, ohne eines der Tupperware-Schälchen, die er in der linken Hand balancierte, zu Boden fallen zu lassen.

»Hey Bücherwurm, was geht! Lust auf 'n Bierchen im Eddie's?«

»Hey Jason, lange nicht gehört. Müssen um die sieben Stunden sein. Rekordverdächtig, oder? Nein, heute nicht. Muss noch etwas büffeln.«

Er brachte es zustande, die herzlich von seiner Mutter zubereiteten Schälchen in der Küche zu verstauen, und hatte endlich eine Hand frei, um den Kühlschrank zu öffnen.

»Ach, komm schon C.J. Die Bücher laufen dir nicht davon. Die Bräute aber schon.«

Er nahm sich ein kühles Bier und lehnte sich an die Küchentheke.

«Jase, heute nicht, wirklich. Ich muss mich morgen früh wieder mal auf dem Campus blicken lassen. Lass gut sein. Morgen Abend vielleicht.«

»Hey Alter, ein Versuch war's wert. Viel Spaß mit deinen Büchern.«

C.J. legte auf, öffnete die Flasche und trank einen Schluck. Er griff nach seinem mit Büchern gefüllten Rucksack und setzte sich auf die Couch. Er ließ den Fernseher an und stellte ihn lautlos. Es lief eine Wiederholung des Footballspiels vom gestrigen Abend. Für einen kurzen Augenblick ließ er sich dazu verleiten den Spielern zuzuschauen, wie sie über das Spielfeld sprangen und einander den Football entrissen. Er nahm noch einen großen Schluck von seinem Bier und konnte sich danach doch noch dazu motivieren, sich seinen Büchern und Notizen zu widmen. Einige Stunden später weckte ihn das laute Gebrüll seiner Nachbarn. Wüsste er es nicht besser, hätte er die Polizei gerufen. Doch es war leider jede Nacht dasselbe. Tagsüber waren Caren und Mike das glücklichste Paar überhaupt und in der Nacht warfen sie sich gegenseitig lautstark Fluchworte oder manchmal sogar Gegenstände an. Und dazu noch dieses Babygeschrei.

Das arme Baby war schon jetzt dazu verdonnert, lebenslänglich beim Psychiater ein- und auszugehen. C.J. schaltete den Fernseher aus und klappte seine Bücher zu, als er die Sirene der Chicagoer Polizei hörte. Er wohnte nun seit 7 Jahren mitten in der Stadt, aber an die Sirenen hatte er sich bis heute nicht gewöhnt.

Die Vorhänge, die ihm seine Mutter für das Apartment genäht hatte, vermochten nicht das ganze Licht der Straße fernzuhalten. Das Wohnzimmer wurde in eine mystisch-blaue Farbe ge-

24

taucht, wenn ein Streifenwagen vorbeifuhr. Es war faszinierend und furchteinflößend zugleich. Es zog ihn immer wieder wie einen Magneten zum Fenster, wenn dies passierte. Er musste wissen, wohin die Streifen fuhren. Diesmal waren es drei gewesen. Nach einigen Sekunden war der Spuk wieder vorbei und es legte sich eine unheimliche Stille über die Straße. Als hätte jemand auf der Fernbedienung für die Stadt die Stummtaste gedrückt. C.J. entschied sich, ins Bett zu gehen. Nachdem er den Wecker – innerlich darüber fluchend, so früh aufstehen zu müssen – auf 06.30 Uhr gestellt hatte, versuchte er vergeblich, einzuschlafen.

Es war schon 04.00 Uhr. Er wäre besser von Anfang an ins Eddie's gegangen. Langsam verfiel er in einen leichten Dämmerschlaf. Auf einmal fand er sich in einem fremden Apartment wieder. Es war eine große Wohnung. Sehr geschmackvoll eingerichtet, mit weißen und grauen Möbeln. Das Wohnzimmer hatte deckenhohe Fenster, jedoch waren die Jalousien geschlossen. Im Gang stehend, neben dem Schlafzimmer, erblickte er am Ende des Flurs eine junge, hübsche Frau im Badezimmer, die sich ihr braunes Haar zu einem Pferdeschwanz zusammenband.

3.

Sie wusch sich gerade das Shampoo aus den Haaren, als ihre Haustüre aufging. Sie erstarrte innerlich und ihr Puls schoss in die Höhe.

»Grace, Süße, ich bin's.«

Grace atmete auf und wusste nicht, ob sie lachen oder weinen sollte. Sie versuchte das Shampoo auszuwaschen, das ihr aus Versehen ins Auge kam.

»Bin unter der Dusche!«

Sie duschte fertig, schlüpfte in ihren flauschigen Bademantel und wickelte ihr nasses Haar in ein Handtuch.

»Hey Judith, es wäre nicht nötig gewesen, dass du alles stehen und liegen lässt.«

»Grace, ich bin immer für dich da, das weißt du. Hier!«

Judith streckte ihr einen heißen Starbucks-Becher hin. »Damit du wieder zu Kräften kommst. Und übrigens, du siehst grauenhaft aus.«

»Danke.«

Judith ließ sich auf die Couch plumpsen und klopfte auffordernd neben sich auf das Kissen, um Grace anzudeuten, es ihr gleichzutun.
»Erzähl, Kleines, was ist passiert?«
Grace gönnte sich einen großen Schluck aus dem Kaffeebecher und setzte sich neben Judith aufs Sofa.
»Dieses Mal war es ein Auftragskiller – oder so was Ähnliches, ich weiß nicht, wie ich das beschreiben soll. Hier in meiner Wohnung.«
»Oh Gott, das ist ja furchtbar. Hat er dich erwischt?«
»Nein, ich konnte gerade noch fliehen. Aber fast hätte er mich getötet.«
Bei dem Gedanken an seine Augen wurde es Grace speiübel. Judith nahm sie in den Arm und schaukelte sie ein wenig, um sie zu beruhigen.
»Ach du Ärmste, du brauchst dringend eine Runde erholsamen Schlaf. Was hat der Arzt dazu gemeint? Hast du mit ihm darüber gesprochen?«
Grace versuchte ein Schluchzen zu unterdrücken.
»Er gab mir bei meinem letzten Besuch Tabletten mit, seitdem kann ich ja wenigstens wieder schlafen. Aber vielleicht sollte ich ihm mal von den Träumen erzählen – die habe ich ja erst seit ein paar Tagen. Er meinte, dass meine Schlafprobleme psychischer Natur sein könnten und ich

mich nach einem Therapeuten umsehen sollte.«

»Gut, bei deiner Vorgeschichte ist diese Theorie nicht unbedingt aus der Luft gegriffen. Findest du nicht? Würde dir sicher guttun, mal über deine Kindheit und das Geschehene zu sprechen. Und übrigens, zu einem Therapeuten zu gehen, täte allen von uns gut. Hat doch irgendwie jeder einen Knall, nicht?«

Judith lächelte Grace schelmisch an und verzog ihr Gesicht zu einer Grimasse. Sie konnten nicht anders und prusteten beide los. Nach einem befreienden Lachanfall lagen sie beide, die Arme vor ihren schmerzenden Bäuchen verschränkt, da und gingen ihren eigenen Gedanken nach. Charly gesellte sich mit einem Satz zu ihnen auf das Sofa, wohl wissend, so gekrault zu werden. Er wurde nicht enttäuscht und ließ sich von den beiden Frauen verwöhnen. Er schnurrte und streckte sich so sehr aus, dass Grace und Judith fast keinen Platz mehr auf der Couch hatten.

»Soll ich heute bei dir übernachten, Süße?« fragte Judith.

»Nein, du weißt doch, dass ich wieder mindestens bis drei Uhr früh arbeiten muss. Und du musst morgen früh raus, das wäre keine gute Idee. Aber lieb von dir, danke.«

»Aber du weißt, ich bin immer für dich da, Tag und Nacht, okay? Help-Hotline-Judith, immer zu Diensten!«

Judith sprang auf und hielt ihr Handy in die

Luft. Grace musste schmunzeln. Was würde sie ohne ihre Freundin nur machen. Judith Harper war einfach ein Steh-auf-Weibchen und wusste immer, wie sie einen zum Lachen bringen konnte. Sie würde irgendwann eine wundervolle Mutter abgeben. Sie und ihr Mann versuchten schon seit einer Weile, ein Baby zu kriegen, jedoch hatte es bisher nicht geklappt. Ihr Mann, Dean Harper, war Graces Cousin und der Grund, weshalb sie nach Chicago gekommen war. Dean hatte ihr wieder auf die Beine geholfen, als sie es am dringendsten nötig hatte. Er hatte ihr ein Dach über dem Kopf gegeben, ihr geholfen, einen Job zu finden und ihr mit seiner Frau dazu noch ihre zukünftige beste Freundin geschenkt.

»So, Liebes, dann werde ich mal in den Sattel steigen und losreiten. Mein Gatte erwartet mich zur Mittagsstunde.«

»Grüß Dean ganz herzlich von mir. Und viel Spaß bei eurem Mittagsdate.«

Sie zwinkerte ihrer Freundin wissend zu. Judith und Dean hatten einmal wöchentlich ihr romantisches Date. In einem schönen Restaurant, meist beim Italiener. Im Laufe der Jahre hatten sie bemerkt, dass sie abends einfach zu müde waren, um einander Zeit zu schenken. Deshalb hatten sie eines Tages beschlossen, das romantische Dinner einfach auf den Mittag zu verschieben. Kerzen, Musik – in Chicago konnte man alles haben, wenn man wusste, wo. In der Stadt, in der Jazz und Blues einander die Hand schüttelten, war die Romantik nicht weit entfernt.

Judith freute sich jede Woche auf ihr Date. Sie legte am Vorabend die Kleider bereit, machte sich kurz vorher frisch und spürte nach all den Jahren noch immer die Schmetterlinge im Bauch. Sie ließen es sich für ein bis zwei Stunden gut gehen, redeten miteinander, gönnten sich einen guten Wein und wenn es noch drinlag, verschwanden sie danach zuhause noch auf ein kleines Schäferstündchen.

Grace sah durch die große Fensterfront in ihrem Wohnzimmer zu, wie Judith in ein Taxi stieg und davonfuhr.

Sie drehte sich wieder um, nahm sich einen Multivitaminsaft aus dem Kühlschrank und überlegte sich, was sie mit den restlichen paar Stunden vor ihrem Arbeitsbeginn anstellen sollte. Sie musste etwas für ihre Seele tun.

Shoppen. Das war immer eine gute Idee. Sie machte sich innert kürzester Zeit fertig, packte ihre Handtasche und verließ die Wohnung in der Hoffnung, den Abend in einem neuen Oberteil verbringen zu können.

4.

Es fing gerade an zu regnen, als Grace in die Straße einbog, in der sich der Club befand, bei dem sie arbeitete. Sie kam von ihrem Apartment immer zu Fuß. Es war nicht allzu weit von ihrer Wohnung entfernt und sie fand den Fußmarsch meist sehr entspannend. Sie wusste, sobald sie bei der Arbeit war, würde der Lärmpegel ins Unermessliche steigen, ihre Nase würde mit miesen Gerüchen zu kämpfen haben und ihre Stimmbänder würden vollste Arbeit leisten müssen, damit ihre Gäste sie verstehen konnten. Deshalb genoss sie diese paar Minuten Frieden, Ruhe und Gelassenheit auf ihrem Spaziergang. Für den Nachhauseweg gönnte sie sich dann aber der Sicherheit halber meistens ein Taxi, oder ein Arbeitskollege nahm sie ein paar Blocks mit. Das Seventy Nine war ein renommierter und angesehener Treffpunkt, in dem sich auch hin und wieder bekannte Stars blicken ließen, wenn sie sich gerade in Chicago aufhielten.

»Hey Roy, hey Bruce.«

Grace begrüßte die zwei muskelbepackten Männer, die in ihren schwarzen Anzügen am Eingang standen und nur darauf warteten, jemanden von der Tür abzuweisen.

»Hey«, rief ihr Bruce zu, »bereit für eine lange Nacht, Boss?«

»Ach, du weißt doch, dass ich das nicht mag. Ich halte den Laden nur solange am Laufen, bis Bryan zurück ist.«

Bryan Dearin war der Besitzer des Seventy Nine. Er war voll damit beschäftigt, einen zweiten Club auf der anderen Seite Chicagos zu eröffnen, weshalb er sich immer weniger im Tagesgeschäft blicken ließ. Bis alles unter Dach und Fach war, wollte er, dass Grace sich um den Club kümmerte. Die Bestellungen, die Einsatzpläne, alles was eben dazu gehörte. Die Mitarbeiter freute dies sehr, da sie sich Grace gut als ihre Vorgesetzte vorstellen konnten. Im Laufe der Jahre, in denen sie schon hier arbeitete, hatte sie sich zum Herzstück des Ladens gemausert. Sie kannte von jedem seine Lebensgeschichte und war immer zur Stelle, wenn es jemandem nicht gut ging. Alle mochten sie einfach.

Im Moment war sie nur Managerin auf Probe, doch wenn während Bryans Abwesenheit alles zu seiner Zufriedenheit ablief, könnte sie sich vorstellen, den Managerposten ganz übernehmen zu dürfen.

Sie verdrehte die Augen und klopfte den Jungs auf die Schultern.

»Wenn ihr schon so dumm dasteht, ihr Möchtegern-Men-in-Black, könnt ihr noch die kaputte Birne auswechseln.«

Bruce und Roy starrten beide in die Richtung, in die Grace mit dem Finger zeigte.

Das Schild hing direkt über ihren Köpfen und deutete auf den Eingang des Clubs hin.

Darauf war das Logo des Clubs zu sehen. In der Mitte prangte in einem dunklen Rot die Zahl Neun. Darüber leuchtete vor schwarzem Hintergrund das Wort Seventy in einer eleganten, verschnörkelten Silberschrift. Das Schild hatte eine ovale, breite Form und wurde umrundet von hellen LED-Streifen.

»Klar, Boss, machen wir.«

Roy zwinkerte Grace zu und schubste Bruce Richtung Keller.

»Hol die Leiter, Kleiner. Ich suche mal den Rest.«

»So ist's brav.«

Als sie durch die Tür trat, hörte sie Musik aus dem Inneren. Sie hoffte, fleißige Mitarbeiter anzutreffen, die den Club auf Vordermann brachten. Sie wurde nicht enttäuscht. Es wurde geputzt, aufgeräumt, aufgefüllt und natürlich auch getratscht und gequatscht.

»Läuft ja wie am Schnürchen, da kann ich ja wieder nach Hause gehen«, rief sie in den Raum. Alle hoben die Köpfe und blickten in ihre Richtung.

»Ne, Schätzchen, schön dageblieben. Ohne dich läuft gar nichts.«

Sully kam auf sie zu und umarmte sie herzlich.

»Schön, dich zu sehen, Schätzchen. Drink gefällig?«

»Uff, noch etwas zu früh, um mit dem Alkohol anzufangen, Sully, aber ein Kaffee wäre ganz nett, danke.«

»Na klar! Kommt sofort, Boss.«

Sully war ein quirliger, großer und süßer Kerl und außerdem einer der besten Barkeeper, den sie kannte. Er flitzte zur Kaffeemaschine und zauberte ihr einen heißen Latte, genauso wie sie ihn mochte.

»Okay, meine Lieben. Spitzt kurz die Ohren.«

Grace klatschte in die Hände, um die Aufmerksamkeit auf sich zu lenken.

»Türöffnung ist um 22.00 Uhr. Special Guests sind heute Marc O'Hara und seine Frau Macy, sie haben den Tisch 34 reserviert. Seid brav zu ihnen, sie werden viel Geld liegen lassen. Der DJ wird in etwa einer Stunde eintreffen. Definitiver Soundcheck ist in einer Stunde und dreißig Minuten. Nick, Lucy, ihr seid für die Bar im ersten Stock eingeteilt, Sully und ich hier unten. Daniel, John, ihr seid bei Nick und Lucy und helft ihnen, wenn's Probleme gibt. Rod, Stew, bei uns. Lichtcheck in 30 Minuten mit George. George?«

Sie sah sich im Raum um.

»Jep, bin hier.«

»Sehr gut. Die Kisten dort drüben müssen noch ins Lager gebracht und Bruce und Roy vor der Tür über die Special Guests informiert werden. Alles klar?«

Es nickten ihr alle zustimmend zu.

»Na dann! Rocken wir gemeinsam die Bude!«

5.

C.J. beendete pünktlich um 21 Uhr seine letzte Kontrollrunde im Gebäude der Futuremile, einer Telekommunikationsfirma in Chicago. Er packte seine Tasche und ging zum Aufzug. Der Job war wie für ihn gemacht. Er konnte morgens problemlos an den Vorlesungen der Uni teilnehmen.

Am späteren Nachmittag fing seine Schicht im Sicherheitsdienst für die Gebäude der Sektoren C und D an.

Meist arbeitete er bis nach Mitternacht, heute jedoch konnte er früher Schluss machen, da die Firma einen internen Anlass feierte und dafür zusätzliche, externe Sicherheitsleute engagiert hatten. Sein Job war ziemlich simpel. Jede Stunde musste er eine Runde in seinen Sektoren drehen und jedes Sitzungszimmer, die Büroräume, die Toiletten sowie die Ein- und Ausgänge zu den Treppenhäusern kontrollieren. Dafür benötigte er um die 25 Minuten. Tagsüber waren die Räumlichkeiten natürlich durch die Mitarbeiter ziemlich belebt. Überall wurde geredet, gelacht, diskutiert – gearbeitet eben. Je später die Stunde, desto ruhiger wurde es auch in den Gängen. Zuletzt schlich er nur noch mit der Taschenlampe herum, außer er kam in Abteilungen vorbei, in denen vereinzelte Workaholiker saßen. Die bemerkten ihn meist nicht einmal dann, wenn er sie zum dritten Mal begrüßte. Die restliche Zeit durfte er offiziell mit Lernen verbringen, sofern er ab und zu ein Auge auf die Sicherheitskameras warf. Wozu dies alles nötig war, wusste er nicht genau, es war ihm aber auch ziemlich egal. Er ging nicht davon aus, dass in diesen Büros je irgendetwas passierte, aber ihm sollte es recht sein. Unangenehm war es ihm nur, wenn er am Wochenende eine Nachtschicht schieben musste, denn wenn die Büros und Gänge komplett verlassen vor ihm lagen, konnte es hier ziemlich unheimlich werden und die Fantasie einem ab und an einen Streich spielen.

Schon bevor er in die Lobby trat, freute er sich auf die Begegnung mit Margrith. Falls sie um diese Uhrzeit noch da war. Er wurde nicht enttäuscht. Sie lächelte ihm schon von Weitem zu.

»Na, mein Schatz, haben sie dich früher gehen lassen?« Ihre Brille saß so tief auf der Nase, dass C.J. sie vor seinem inneren Auge jedes Mal herunterfallen sah. Margrith war die Liebenswürdigkeit in Person. Sie stand kurz vor der Pension. »Und was machst du denn noch hier?«, fragte er, beugte sich über die Theke und betrachtete die neusten Zeichnungen von ihren Enkeln.

»Ich muss noch auf die hohen Tiere warten, die zum Anlass eingeladen sind. Danach mach ich auch Feierabend. Hey! Lass das!«

Sie klatschte ihm auf den Arm, weil er ein bemaltes Glas zwischen seinen Händen hin und her warf.

»Das hat mir Jocelyne zum Geburtstag geschenkt.«

»Oh, wenn das so ist.«

C.J. stellte das Kunstwerk ganz behutsam wieder an seinen Platz.

»So, Grandma, ich muss dann mal los.«

»Moment noch, Jungchen, ich hab' dir noch was.« Sie kramte in ihrer Tasche und zog ein in Alufolie eingewickeltes Päckchen hervor.

»Ich hab' für meine Enkel gebacken. Hier, hab' ich dir mitgebracht.«

»Danke, Margrith, das ist lieb von dir.«

Er ging um die Theke herum, gab ihr einen Kuss auf die Wange und flüsterte ihr ins Ohr:

»Hätte ich eine Oma wie dich gehabt, würde ich wohl jetzt drei Tonnen wiegen.«

Bevor Margrith auf seinen Spruch reagieren konnte, war er schon fast beim Ausgang angelangt. Sie schrie ihm hinterher: »Jungchen, bleib

38

nicht zu lange auf, morgen ist wieder Schule!«
Er drehte sich nochmals zu ihr um.

»Gute Nacht, Omi!« und verschwand durch die große Glastür.

In der Annahme, noch ein Bierchen mit Jason trinken zu gehen, sprang C.J. zuhause kurz unter die Dusche. Da klingelte sein Handy.

»Verdammter Mist«, brummte er, stellte das Wasser ab und legte sich ein Tuch um.

»Hey Jase, ich dachte wir treffen uns im Eddies.«

»Nein, Mann. Planänderung. Ich habe den ganzen Tag rumtelefoniert. Und rate mal. Wir stehen auf der Gästeliste des Seventy Nine!«

C.J. kratzte sich am Kopf und hatte keine Ahnung, wovon sein Freund redete.

»Und was bedeutet das?«

»Das Seventy Nine, Mann! Das ist *der* Club in Chicago! Such dir dein bestes Hemd raus, ich hol' dich in dreißig Minuten ab, okay? Und hey, nimm genug Geld mit, ist nicht gerade eine Billigbude. Bis dann.« Bevor C.J. noch etwas sagen konnte, hatte Jason schon aufgelegt. Ein Club also. War wohl nichts mit früh ins Bett.

Genau eine halbe Stunde später klingelte es an der Tür und ein ziemlich aufgeregter Jase hüpfte vor seiner Haustür auf und ab wie ein kleiner Junge.

»Hey, das ist sowas von cool. Du wirst sehen. Das

wird eine Hammernacht. Die beste Party aller Zeiten. Die geilsten Bräute, alle versammelt in einem Raum!«

Jase sprang an ihm vorbei in das Appartement.

»Dann hattest du gestern nicht so viel Glück, nehm' ich an?« fragte C.J., während er die Tür hinter ihm schloss.

Jason zog seine Schultern hoch und ließ sie theatralisch fallen.

»Hey Mann, du weißt, ich habe alleine keine Chance. Du bist derjenige von uns, der die Frauen anzieht. Ich kriege jeweils nur die Freundinnen von deinen Dates ab. Gut, okay, war hin und wieder auch nicht übel, aber trotzdem. Du bist der Frauenmagnet von uns. Das war schon immer so, und wird immer so sein. Lass mich also nie wieder hängen, alles klar?«

C.J. drehte sich zu Jase um und versuchte ihn zu beruhigen.

»Ach komm schon, das stimmt doch gar nicht.«

Jase verdrehte die Augen und sah zu C.J. hoch.

»Hey, sieh uns nur an! Du bist der Typ, den sich alle als Schwiegersohn wünschen. Und ich! Neben dir fall ich kaum auf, nur schon, weil ich gefühlte zwei Köpfe kleiner bin als du. Aber mach' dir keine Sorgen, wie sagt deine Mutter immer so schön, jeder Topf findet seinen Deckel. So, aber jetzt will ich kein Wort mehr hören. Das, mein Lieber, wird unsere Nacht, C.J.! Gehen wir auf Deckelsuche.«

6.

Der Club war zum Bersten gefüllt und doch kamen noch immer Leute durch die große eiserne Tür hinein und verteilten sich im Raum. Einige nahmen in den Nischen Platz, die in den Ecken mit Sitzbänken und Kissen zum Verweilen einluden. Andere zog es direkt auf die Tanzfläche vor dem DJ-Pult, wo sie unter der großen Discokugel tanzten, die in allen Farben leuchtete. Grace und Sully mixten Cocktail um Cocktail, füllten Cracker auf, quatschten mit Gästen und waren voll in ihrem Element. Der DJ gab am anderen Ende des großen Raumes seine Hits zum Besten und es machte auch den Anschein, als würde es den Special Guests gefallen. Sie schickte Lucy im 15-Minuten-Takt zu ihnen – sie hatte ein Flair dafür, mit ihrem Charme spezielle Gäste zu verwöhnen. Grace berührte Rod an der Schulter, um seine Aufmerksamkeit zu erregen.

»Rod, kannst du mal in die Nähe des DJs gehen, ich befürchte, die Stimmung ist etwas angespannt, könnte sein, dass eine Schlägerei ausbricht.«

»Klar, Boss.«

Rod setzte sich in Bewegung, um nachzusehen. Grace war gerade dabei, einen Piña Colada zu kreieren, als ihr auffiel, dass ihre Schublade nicht ganz aufgefüllt war.

»Sully, hast du in deiner Schublade noch Schirmchen? Meine gehen langsam aus?«

Sully öffnete seine Schublade und warf ihr einen kleinen Karton zu.

»Alle Farben des Regenbogens, Herzchen.«

»Danke, Liebster.«

»So tief gesunken, dass du schon mit Sully flirtest?«

Grace erkannte diese Stimme und drehte sich genervt um. Ein großer Mann mit etwas zu kurz geschorenen Haaren lehnte sich lässig an die Bartheke.

»Evan, was machst du denn hier?«

»Ich hatte das Bedürfnis, dich wieder mal zu sehen.«

»Evan, ich hab' jetzt wirklich keine Zeit für dich. Kann ich dir einen Drink anbieten? Geht aufs Haus. Aber nur, wenn du danach wieder gehst.«

»Na, na Grace, wieso denn so unfreundlich? Freust du dich nicht, mich zu sehen? So habe ich mir unser Wiedersehen nicht vorgestellt.«

»Und ich habe mir vorgestellt, dass ich dir gar

nicht mehr begegnen muss.«

»Hör mir doch einfach kurz zu.«

Grace sah ihn wütend an.

»Nein. Ich habe keine Zeit und vor allem keine Lust. Verschwinde jetzt bitte.«

Evan knirschte mit seinem Unterkiefer, wie er es immer tat, wenn er wütend wurde.

»Das Gespräch ist noch nicht beendet, meine Liebe.«

Er drehte sich um und ging die Treppe in den ersten Stock hinauf. Sie blickte ihm noch kurz nach, um sicher zu sein, dass er auch wirklich nicht wieder umdrehte. Danach schenkte sie ihre Aufmerksamkeit neuen Gästen.

»Hey Jungs, was möchtet ihr trinken?« Sie schaute die Männer fragend an. »Hallo?«

»Oh, entschuldige, wir sind das erste Mal hier, bin echt überwältigt. Ich bin Jason. Jason Mitchell.«

»Willkommen im Seventy Nine, Jason Mitchell. Mein Name ist Grace Bennett und es würde mich freuen, euch einen Drink anbieten zu dürfen.«

»Danke, ich nehm' gerne ein Bier.«

»Ein Bier, kommt sofort. Und dein Freund hier? Kann er auch sprechen?«

C.J. drehte sich zur Bar um sah Grace in die Augen.

»Eh, wow, ehm. Hey, ich bin C.J.«

Grace sah zu ihm hoch. Was für ein Kerl. Er war groß, muskulös und hatte gleichzeitig einen solch unschuldigen Blick, dass er einen zum Schmelzen brachte. Sie musste sich kurz sammeln, bevor sie sprechen konnte.

»Hey C.J., ich bin Grace ... Grace Bennett. Darf es für dich auch ein Bier sein?«

»Sehr gern, danke.«

»Ich bring es euch gleich.«

Sie drehte sich um und ging bewusst zum entferntesten Kühlschrank, um die Getränke zu holen.

»Also, ich habe gerade alles mitbekommen. Oh. Mein. Gott.« Sully schmunzelte sie an.

»Hör auf damit. Ja, er ist süß.«

»Süß? Das nennst du süß? Hey, zuerst taucht dein Ex auf und zwei Sekunden später steht Adonis höchstpersönlich vor dir? Das ist Schicksal!«

»Sully!«

Grace wollte ihm nicht länger zuhören und ging zurück, um den beiden Männern die Flaschen zu bringen.

»Okay Jungs, hier eure Drinks, geht aufs Haus. Als Willkommensgruß sozusagen.«

Sie zwinkerte den beiden zu und widmete sich weiteren Gästen. Plötzlich bemerkte sie, wie es in der Nähe des DJ-Pultes zu einem Tumult kam. Sie packte ihr Walkie-Talkie, welches sie immer griffbereit an ihrem Gürtel angeschnallt hatte und funkte Rod an.

»Rod, was ist da los?«

»Ziemlich heftig, ich brauche Stew.«

Sie eilte hinter der Theke hervor und suchte

Stew, der wie immer sein Walkie-Talkie auf der Ladestation vergessen hatte. Sie entdeckte ihn ziemlich schnell in der Nähe der Toiletten.

»Stew, Schlägerei, dort drüben. Ich hole Bruce.«

»Okay, wir machen das schon. Komm du nicht in die Nähe, ist was für starke Männer.«

Er grinste sie an und verschwand durch die Menschenmasse. Grace funkte zu dem Bruce und Roy an und informierte sie über die Situation. Sie bat Bruce, Stew und Rod zu helfen, und Roy, die Stellung vor dem Eingang zu halten und falls die Situation zu eskalieren drohte, die Polizei zu verständigen. Zurück an der Bar wartete Evan auf sie.

»Was machst du denn wieder hier?«

Grace wurde langsam sauer und fing an, die Theke mit einem Lappen abzuwischen.

»Ich hatte meinen kostenlosen Drink noch nicht.«

Evan setzte sich an den Tresen und starrte Grace durchdringend an.

»Vergiss es einfach.«

»Ich will doch einfach nur noch einmal eine Chance.«

»Oh, Evan, die hattest du. Weißt du nicht mehr? Du hast mich belogen, betrogen, benutzt. Ich werde dir niemals mehr eine Chance geben. Geh einfach.«

Grace gab Sully das bekannte Zeichen, dass sie kurz ins Büro verschwinden würde, und wollte gerade die Tür öffnen, als Evan sie aufhielt.

»Bitte, Grace, versuchen wir es nochmal. Bitte. Wir könnten so glücklich werden. Ich würde dich auf Händen tragen.«

»Ach ja? Und wie viele Frauen würdest du gleichzeitig tragen? Sag schon? Wie viele, Evan?«

Sie drehte sich um und wollte ihn alleine schmollend stehen lassen, aber er packte sie so heftig an den Schultern, dass es schmerzte. Sie überlegte sich kurz, ihre Sicherheitsleute zu Hilfe zu holen, doch die waren alle damit beschäftigt, die Schlägerei im Zaum zu halten.

»Evan, lass mich los.«

»Erst, wenn du mir endlich zuhörst.«

Erfolglos versuchte sie sich aus seinem Klammergriff zu befreien, aber er war zu stark. Plötzlich packte jemand Evan an der Schulter und riss ihn von Grace los.

»Sie hat gesagt, du sollst sie loslassen.« Evan taumelte ein paar Schritte zurück.

»Wer bist du denn, einer ihrer Sicherheits-Wau-Waus?«

»Sowas in der Art, ja. Und jetzt verschwinde.«

Evan drehte sich nochmals zu Grace um.

»Wir sind noch nicht fertig«, schnaubte er. Er packte Grace am Kiefer und flüsterte ihr zu: »Ich gebe dich noch nicht auf!«

Evan wischte sich ein paar imaginäre Fusseln von der Schulter, setzte sein schiefes Lächeln auf und ging in Richtung Ausgang davon.

»Alles klar bei dir?«

Grace war noch völlig durcheinander und versuchte zu verstehen, was gerade vor sich ging.

»Ja, danke. C.J., richtig?«

»Ja. Genau.« Er lächelte sie an. Ein charmantes Lächeln, und seine Augen, grüngolden gesprenkelt ... Zu Graces Verwunderung kamen sie ihr vertraut vor. Bevor sie den Gedanken zu Ende bringen konnte, wurde sie unterbrochen.

»Hey C.J. Hier bist du also.«

Jason kam angeschlurft und grinste über beide Ohren.

»Ich habe Durst, brauche Nachschub. Komm schon!«

Jason packte C.J. und zog ihn davon.

»Hey, Jungs!« Grace winkte sie zurück.

»Der ganze Abend geht aufs Haus. Jason, du kannst deinem Kumpel danken.«

Sie zwinkerte C.J. zu und ging zurück in das Büro. Jason sah zu C.J hinauf und sah ihn verwirrt an.

»Alter, wie machst du das nur?«

C.J klopfte auf die Schulter seines Kumpels.

»Ach weißt du, manchmal hat man eben einfach Glück.«

7.

Alles in allem war der Abend ein großer Erfolg für den Club. Die Gäste hatten ihren Spaß, der Umsatz war groß und die Schlägerei konnte eingedämmt werden, ohne größeren Schaden angerichtet zu haben.

Als um 03.30 Uhr die letzten Gäste den Club verlassen hatten, sah es aus, als hätte eine Bombe eingeschlagen. Grace kam aus dem Büro und sah sich ein wenig um.

»Ich würde sagen, wir räumen morgen auf, was meint ihr?«

Sie war todmüde und wünschte sich nur noch, ins Bett zu gehen. Sie deutete die Blicke der anderen und fand nur Zustimmung. Bruce bot ihr an, sie nach Hause zu fahren, was sie dankend annahm. Sie sprachen im Auto fast kein Wort und genossen die Stille.

»Danke Bruce, bis morgen.«

»Gute Nacht, Grace, schlaf schön.«

Sie stieg aus dem Wagen und kramte den Hausschlüssel aus der Tasche.

»Ma'am, mein Name ist Officer Charles Hampton, darf ich Sie kurz stören?«

Grace erschrak so sehr, dass ihr die Schlüssel aus der Hand fielen. Sie drehte sich um und sah einen uniformierten Officer vor sich stehen.

»Aber natürlich, Officer. Was kann ich für Sie tun?«

»Wir haben vor 10 Minuten einen Notruf aus diesem Gebäude erhalten. Wissen Sie etwas davon?«

»Ehm, nein, ich bin gerade erst nach Hause gekommen.«

»So spät noch unterwegs?«

»Ja, ich arbeite in einem Nachtclub. Im Seventy Nine. Was war denn das für ein Notruf?«

»Ach, das muss Sie nicht interessieren.«

»Okay…?«

»Sind Sie Grace Bennett?«

»Ehm, ja? Wieso wissen Sie das?«

»Ah, habe ich geraten, die Namen an den Briefkästen.«

»Ach so.« Grace fiel auf, dass der Officer mit seinen Handschellen spielte. »Na, dann werde ich mal nach oben gehen.«

»Nein! Ich meine, sie können noch nicht in das Gebäude, bis wir den Notruf kontrolliert haben.« Diese Antwort kam wie aus einer Kanone geschossen.

»Aber wollen Sie denn das alleine kontrollieren, Officer?«

Der Uniformierte griff fast unbemerkt zu seinem Schlagstock.

»Nein, nein, wir sind zu zweit, mein Kollege befindet sich im Gebäude.«

In der Zwischenzeit hielt auf der anderen Straßenseite ein weiterer Streifenwagen. Im Innern des Wagens sah sie zwei Uniformierte, die aber keine Anstalten machten, auszusteigen.

Als Grace ihre Aufmerksamkeit wieder auf Officer Hampton richtete, erhob dieser den Schlagstock und schlug ihr ohne Vorwarnung rechts seitlich in die Rippen. Sie stürzte auf den Asphalt, dämpfte aber den Aufprall mit ihren Händen ein wenig ab. Sie hustete und versuchte zu atmen, jedoch schmerzte jeder Atemzug. Im Augenwinkel sah sie, wie die zwei Uniformierten nun doch aus dem Wagen ausgestiegen waren und über die Straße rannten.

Sie ahnte schon, dass die ihr nicht helfen würden. Sie drehte sich auf den Rücken zu Officer Hampton, der die Handschellen zückte, um sie ihr anzulegen. Er beugte sich zu ihr herunter und packte ihre Hände. Sie wand sich unter ihm und tritt ihm zwischen die Beine.

Hampton jaulte vor Schmerz auf und wich zurück. Er hielt die Hände schützend vor seine Gliedmaßen, um noch einen weiten Tritt zu vermeiden, und hüpfte von einem Bein aufs andere.

Grace ergriff die Chance, rappelte sich auf und rannte davon, im Wissen, dass die anderen beiden ihr schon auf den Fersen waren. Sie bog in die erste Straße rechts ab, ohne eine Ahnung zu haben, wohin sie laufen sollte. Einfach weg, einfach in Sicherheit. Die Typen hinter ihr waren schnell und holten auf.

Das Parkhaus!

Sie überquerte die Straße, ohne auf den Verkehr zu achten und lief die Einfahrt hinab in das Parking Easypark City hinein. Sie bückte sich unter der Barriere durch und rannte weiter. Irgendwo musste sich doch in jedem Parkhaus ein Sicherheitswachmann befinden. Hinter ihr hörte sie, wie die Schritte immer näherkamen. Grace schlug die Tür zum Treppenhaus auf und sprang die Treppe nach oben. Im Vorbeigehen versuchte sie, die Tafeln zu entziffern.

Erdgeschoss Ausgang und Notausgang
1. Stock Toiletten Männer/Frauen
2. Stock Versicherungsunternehmen
3. Stock Zahnarztzentrum / Massagetherapie.

Verdammt, wo war das rettende Sicherheitszeichen? Ihr ging die Puste aus, sie musste sich erholen. Grace nahm im dritten Stock den Ausgang zum Parking und lief den Autos entlang.

Sie versteckte sich hinter einem roten Pick-up und versuchte keinen Laut von sich zu geben. Ihr Herz klopfte wie wild und die Beine zitterten vor Überanstrengung. Mist, sie hatte ihre Handtasche vor ihrer Wohnung liegen lassen.

Okay, Grace, denk nach. Wieso sind die Cops hinter dir her? Was hast du getan? Hast du dich mit irgendetwas strafbar gemacht? Wenn ja, wieso verhaften sie dich nicht wie eine ganz normale Person? Steckt etwa Evan dahinter?

Ja klar, Evan ist ein sehr angesehener Anwalt, aber hat er so viel Macht, dass er drei Officers schmieren kann, um jemanden so zu verfolgen? Und was hat er davon? Graces Gedanken rasten, aber sie konnte sich das Ganze einfach nicht erklären. Sie traute ihren Augen nicht, als sie gegenüber einen großen Schatten sah. Ein Mann, er war groß, schlank. War es Evan? Nein, er sah eher aus wie ... dieser C. J.?

Er stand zwischen den geparkten Autos und sah sie an. Grace starrte in seine Richtung, aber sie konnte ihn nicht richtig erkennen und er bewegte sich keinen Millimeter.

»Hallo?«, flüsterte sie leise. »Können Sie mir helfen? Hallo?«

Er rührte sich immer noch nicht. Grace wollte gerade aufstehen, um zu ihm zu gehen, als sie die Tür zum Parking hörte.

Die Cops!

Sie hielt in der Bewegung inne und versuchte

unter dem Wagen hindurchzusehen.

»Grace Bennett! Wir wissen, dass Sie da sind! Kommen Sie raus!«

Grace schaute wieder gegenüber zu den anderen Wagen. Nichts, der Mann in der Dunkelheit war verschwunden. Hatte sie ihn sich nur eingebildet?

»Grace, wir wollen Ihnen nur helfen. Wir wollen Sie zu ihm bringen.«

Zu ihm? Zu wem? Was zum Teufel! Was sollte das denn bitte wieder heißen? Sie verstand überhaupt nichts mehr. Die Officers kamen langsam näher.

Grace versuchte immer weiter unter den Wagen zu rutschen.

»Grace, kommen Sie. Machen Sie es nicht noch schwieriger. Wir wollen Ihnen helfen.«

Sie spürte eine Hand an ihrem Fußgelenk und wurde unter dem Wagen hervorgeschleift.

»Hallo, Grace Bennett, da sind Sie ja. Haben Sie keine Angst. Wir bringen Sie jetzt zu ihm.«

Der Officer wedelte mit den Handschellen, während der andere sie an den Armen festhielt.

»Nein, nein! Lassen Sie mich los!«

Sie versuchte sich zu wehren, jedoch ohne Erfolg.

»Es ist alles in Ordnung, Grace. Alles in Ordnung.«

»Grace. Grace! Kommen Sie schon. Grace! Alles in Ordnung!«

Grace schreckte auf und schlug mit ihrem Arm die Kaffeetasse vom Bürotisch.

»Mannomann, das muss ein ziemlich heftiger Traum gewesen sein.«

»Oh, Richard, es tut mir so leid.«

»Alles bestens, Grace. Bei Ihnen alles in Ordnung? Ich habe mir Sorgen gemacht. Ich habe Sie schreien gehört und konnte Sie fast nicht aufwecken.«

»Ja, ich hatte wohl einen Albtraum. Danke, vielen, vielen Dank, dass Sie mich geweckt haben. Es war furchtbar.«

Richard strich sich mit der Hand über seine haarlose Stirn und richtete seine Hosenträger, wie er es immer tat, wenn er nicht wusste, was er sagen sollte.

»Na, dann werde ich nach dem Rechten sehen und den Wasserhahn im ersten Stock reparieren, hab gehört, dass er kaputt ist. Ist wirklich alles in Ordnung?«

»Jep, ein Kaffee und die Welt wird gleich wieder etwas rosiger aussehen. Danke, Richard.«

Er verließ pfeifend das Büro. Richard war die gute Seele des Seventy Nine. Der frühere Hauswart war schon seit ein paar Jahren pensioniert, aber er konnte und wollte es nicht akzeptieren. Sie hatten ihn aber alle gerne um sich und es gab immer etwas für ihn zu tun.

Sie war so froh, dass er sie geweckt hatte. Wer wusste, wie es in diesem Traum weitergegangen wäre. Also war sie noch gar nicht zuhause gewesen, sondern auf dem Bürotisch eingeschlafen. Es war wohl langsam an der Zeit, nach Hause zu gehen.

Als sie von ihrem Bürostuhl aufstehen wollte, durchzuckte sie ein stechender Schmerz an ihrem Rippenbogen. Keuchend und etwas benommen trat sie an den Spiegel, der hinter der Tür an der Wand hing. Als sie ihr Top vorsichtig hochhob, glaubte sie ihren Augen kaum. Auf der rechten Seite unter ihrem BH bildete sich ein blauer, schmerzhafter Fleck. Ganz sanft drückte sie auf die Stelle und strich mit einem Finger langsam darüber.

Der Schlagstock…

Sie schüttelte den Kopf, verwirrt über ihre eigenen Gedanken und suchte vergebens nach einer anderen Erklärung für den Bluterguss. Als sie zum Entschluss gekommen war, dass dies auch durch einen dummen Stoß an der Bartheke geschehen sein konnte, schnappte sie sich noch immer verwirrt ihr Smartphone, um ein Taxi zu bestellen.

Zuhause angekommen, legte sie sich ins Bett und erwachte erst am späteren Vormittag wieder. Zufrieden und ausgeruht wie seit Wochen nicht mehr stand sie auf und schlenderte in ihre Küche. Sie hatte ein paar ruhige, traumlose Stunden Schlaf hinter sich. Nein, das stimmte nicht ganz. Es waren albtraumlose Stunden gewesen, aber geträumt hatte sie. Von schönen, grün-golden gesprenkelten Augen. Sie brachte diesen C.J. nicht mehr aus ihrem Kopf.

Völlig beflügelt durch ihre frisch getankte Energie stand sie vor der Kaffeemaschine. Während sie ihre Lieblingskaffeetasse aus dem Schrank nahm, beschloss sie, heute etwas ganz Verrücktes zu tun.

8.

C.J. stieg mit gefühlt tausend anderen Schülern die Treppen des Campus herunter, als ihn jemand von der Seite ansprang.

»Hey Mann, was geht ab?«

»Hey Jase! Was machst du denn hier?«

Jase grinste ihn verschmitzt an.

»Du glaubst nicht, wer mich angerufen hat.«

C.J. schaute ihn misstrauisch an.

»Was hast du jetzt wieder angestellt?«

Jason spielte den Verblüfften und tat so, als würde er gleich ohnmächtig.

»Ich? Ich stelle doch nie was an. Wie kannst du nur sowas behaupten? Nein, im Ernst, Mann! Rate!«

C.J. hasste es zu raten. Sie liefen gemeinsam zu den Parkplätzen.

»Der Präsident der Vereinigten Staaten von Amerika?«

»Gong! Falsch! Aber fast! Grace Bennett!«

C.J. riss die Augen auf.

»Was? Weshalb?«

»Na? Das ist 'ne Bombe, he? Jetzt hab' ich deine Aufmerksamkeit.«

Jase legte seinem Freund den Arm über die Schulter und fuhr fort.

»Sie wollte deine Nummer und wusste nicht, wie du mit richtigem Vornamen heißt. Meinen hatte sie durch die Gästeliste. Aber aus C.J. wurde sie nicht schlau und sie fand dich nicht im Telefonbuch.«

C.J. lächelte unwillkürlich.

»Du findest sie heiß, nicht?«

C.J. fühlte sich ertappt und seine Miene versteinerte sich gleich wieder.

»Und wieso wollte sie meine Nummer?«

»Keine Ahnung. Wirst du wohl selber herausfinden müssen.«

»Sieht wohl so aus.«

Jase schaute C.J. fragend an.

»Was hast du mit diesem Mädchen gemacht, Junge?«

C.J. legte seinem Kumpel die Hände auf die Schultern und machte eine kleine Pause, um die Spannung zu steigern.

»Ich war ein Gentleman. Merk' dir das ganz genau. Das, mein Lieber, das ist es, was du noch zu lernen hast.«

Jase funkelte ihn an und boxte seinem Freund mitten in den Bauch. C.J. ließ das nicht auf sich sitzen und nahm ihn in den Schwitzkasten. Sie rangen herum, bis sie vor Lachen keinen Atem mehr bekamen. Sie verabschiedeten sich mit einem kräftigen Händedruck, der wie immer in einer Umarmung endete.

»Hey Jase!«

Jase, der gerade in seinen Wagen steigen wollte, hielt inne.

»Ja?«

»Bist einfach ein toller Typ!«

»Weiß ich doch!«

Jase machte eine unanständige Geste, stieg ein und fuhr davon. Aus dem Wageninneren hörte C.J. die dröhnende Hip-Hop Musik, die Jase tagein tagaus hörte. Er schüttelte bei diesen Beats nur den Kopf. Was für ein Idiot. Er mochte ihn einfach.

Er griff in seine Hosentasche und blickte auf sein Smartphone. Was Grace wohl von ihm wollte? Als sein Handy in diesem Moment zu klingeln begann, ließ es vor Schreck fast fallen, konnte es aber gerade noch festhalten. Er atmete kurz tief durch, bevor er die Rufannahme drückte.

»Ja, hallo?«

»C.J.?«

»Ja. Am Apparat.«

»Ich bin's, Grace Bennett. Ich, ehm, ich weiß nicht, ob du dich an mich erinnerst. Wir haben uns gestern im Club Seventy Nine kennengelernt.«

C.J. trat nervös von einem Fuß auf den anderen.

»Klar. Hi Grace. Wie geht es dir?«

»Ganz gut, danke. Ich wollte mich noch einmal herzlich bei dir bedanken und dich, ehm ... fragen, ob ich dich zum Essen einladen darf. Bei mir? Zum Beispiel, äh ... heute Abend?«

Seine Nervosität legte sich ein wenig, als er registrierte, dass es Grace nicht anders erging. Er musste zwar heute arbeiten, wusste aber, dass ihm ein Arbeitskollege noch einen Gefallen schuldete, weil er mal für ihn spontan eingesprungen war. Das war wohl ein guter Moment, diesen Gefallen einzulösen.

»Sehr gerne, Grace. Ich komme gerne vorbei.«

»Sehr schön! Ich meine, ich freue mich. Ich schicke dir meine Adresse per SMS, okay? Äh, isst du etwas nicht?«

»Nicht, dass ich wüsste.«

»Na dann, also, um sieben bei mir?«

»Dann um sieben, bei dir. Bis dann, Grace.«

»Bye, C.J.«

Er legte auf und fühlte, wie sein Puls während des Telefonats gestiegen war.

Er atmete tief ein und wieder aus. Uff, ein Date. War lange her. Und das erst noch mit einer wunderschönen Frau. Eines hatte er von seiner Mutter gelernt. Er brauchte Blumen und Pralinen. Die Pralinen durfte er auf gar keinen Fall vergessen.

9.

$\mathcal{D}$er Tisch war gedeckt, der Wein geöffnet, Jazz lief im Hintergrund und das Essen köchelte leicht vor sich hin. Genau im Zeitplan.

Perfekt! dachte Grace und rührte im Topf, nachdem sie die Bolognese-Sauce probiert hatte.

»Nicht schlecht«, sagte sie zu sich. Ihr Handy begann irgendwo in ihrer Wohnung zu klingeln. Sie suchte es eine Weile und fand es schlussendlich im Ankleidezimmer.

»Hey Judith, was gibt's?«

»Hey Liebes, hast du eine Minute für mich?«

Grace ging in die Küche zurück, um nach der Sauce zu sehen.

»Ja sicher, einfach nicht zu lange. Ich erwarte noch Besuch.«

»Besuch? Wen denn?«

»Etwa 1.90 groß, grüne Augen, charmant«, schwärmte Grace in ihr Smartphone.

»Ouh. Männerbesuch! Wie interessant! Und wieso weiß ich nichts davon?«

Grace war bei dieser Frage selbst überrascht. Judith wusste doch sonst alles über sie.

»Wie soll ich sagen? Es ging alles ziemlich schnell. Ich habe ihn gestern Abend im Club kennengelernt.«

»Oh wow, ja, das ist ziemlich schnell. Erzähl, wie ist er so?«

Sie überlegte, während sie den Salat vorbereitete.

»Ehm, keine Ahnung. Nett, charmant, und er sieht einfach toll aus, Jud.«

»Grace, hast du dir etwa einen wildfremden Typen in die Wohnung eingeladen?«

»Wenn du mich das so fragst, muss ich dir irgendwie sagen, ja, könnte sein.«

Sie hörte wie Judith sich die Hand an die Stirn klatschte.

»Okay, wenn etwas ist, rufst du mich an, klar? Ich bin die ganze Nacht erreichbar. Ich glaub das einfach nicht! Du träumst von Auftragskillern und lädst dir danach irgendwelche dahergelaufene Jungs in dein Apartment ein. Ach, Liebes, du bist einfach ein Unikat!«

»Hey, wer nichts wagt, der nichts gewinnt. Wird schon schiefgehen. Ich werde dir alles erzählen, jedes kleinste Detail, versprochen. Jetzt zufrieden, Anstandswauwau?«, fragte Grace schmunzelnd.

»Ich will nur, dass dir nichts passiert. Ich mache mir ja nur Sorgen um dich, das ist alles.«

»Du hast ja recht. Aber ich habe wirklich ein sehr gutes Gefühl dabei. Vertrau mir.«

»Tue ich, Liebes.«

»Also Jud, du hast mich ja nicht angerufen, um mir ins Gewissen zu reden. Worüber wolltest du eigentlich mit mir sprechen?«

»Ja, eben, ehm. Ich wollte dir ja eigentlich was erzählen.«

Einen kurzen Moment wurde es still in der Leitung.

»Dean hat gestern mit deiner Mutter telefoniert.«

Grace ließ den Löffel, mit dem sie gerade die Sauce rühren wollte, auf die Küchenablage fallen.

»Er hat WAS? Wie kommt er dazu?«

»Hey, beruhige dich bitte. Ich weiß, deine Mutter ist ein rotes Tuch, aber sie wollte anscheinend nur wissen, wie es dir geht.«

»Einen Scheiß will sie! Sie soll sich zur Hölle scheren! Und was hat Dean zu ihr gesagt?«

»Anscheinend«, Judith zögerte, »hat er schon öfters mit ihr telefoniert.«

Grace lief aufgebracht in ihrer Wohnung auf und ab.

»Wie kann er nur. Er weiß doch, was sie mir angetan hat.«

»Grace, bitte. Gib Dean nicht die Schuld. Er will es doch nur allen Recht machen.«

Grace massierte sich die Stirn. Die Türklingel ertönte. Mist! C.J. war 5 Minuten zu früh.

»Judith, bleib bitte kurz dran.«

Sie drückte das Handy auf ihren Brustkorb, ging zur Tür und öffnete sie.

»Hey C.J. Komm bitte rein.«

Sie ging etwas zur Seite, damit er in den Flur treten konnte.

»Würde es dir etwas ausmachen, wenn ich dieses Telefonat noch kurz beende? Entschuldige, es ist etwas unangebracht, aber es ist ziemlich wichtig. Mach es dir gemütlich. Nimm dir ein Bier aus dem Kühlschrank. Okay?«

Wie konnte C.J. diesem wunderbaren Lächeln auch widerstehen?

»Klar, kein Problem.«

Grace verschwand im Schlafzimmer und ließ C.J. alleine im Flur stehen. Er hörte in der Küche einen Pfannendeckel klappern. Anscheinend drohte etwas überzukochen. Nachdem er das Kochfeld etwas zurückgestellt hatte, begann er sich in der Wohnung umzusehen.

Das elegant eingerichtete Apartment wirkte sehr aufgeräumt und schick. Die Möbel sowie die dazu passenden Accessoires waren alle in grau, weiß und einem sanften rosa gehalten und verschmolzen ineinander wie in einem Möbelkatalog dargestellt. *Kommt mir irgendwie bekannt vor…*

Trotz der vielen Grautöne war die Wohnung sehr einladend und warm eingerichtet. Überall waren herzliche Details zu finden. Auf der Couch lag eine zusammengefaltete graue Steppdecke, mit weißen Sternen bedruckt, dazu passende weiße Kissen mit grauen Sternen. Auf dem Salontisch standen viele kleine Kerzenschälchen. In jedem züngelte eine kleine Flamme. Der Kerzenschein verlieh dem Ganzen ein heimeliges Gefühl.

Als er sich ein Bier aus dem Kühlschrank nahm, hörte er Grace im Schlafzimmer telefonieren.

»Hör zu, Jud, das ist mir egal, ich will nichts mehr mit ihr zu tun haben. Sag Dean, er kann mit ihr telefonieren, so oft er will. Ich will sie nicht sehen! So, Jud, ich muss auflegen, mein Gast ist hier. Wir sehen uns, okay? Hab dich lieb!«

Als die Schlafzimmertür aufging, drehte sich C.J. hastig um, griff nach dem Löffel auf der Ablage und rührte in der Sauce herum. Er wollte sich nicht anmerken lassen, dass er gewisse Gesprächsfetzen mitbekommen hatte.

»Tut mir leid, C.J. Das war nicht so geplant. Kleine Familienfehde.«

C.J drehte sich zu ihr um und setzte einen unwissenden Blick auf.

»Familienfehde?«

»Ach«, sie winkte ab, »ich möchte nicht darüber sprechen.«

Sie trat in die Küche.

»So, fangen wir von vorne an. Hi, Clark Jonathan Nolan.«

Sie lächelte zu ihm hoch.

»Ach so, du willst nichts über dich erzählen, aber über mich hast du bereits Nachforschungen angestellt? Interessant.« Er lachte. »Okay, wie wäre das? Ich erzähle dir etwas von mir und danach du von dir.«

Grace zog eine Augenbraue hoch.

»Das heißt, anstatt uns beim ersten Date langsam aneinander heranzutasten und kennenzulernen, erzählen wir uns direkt unsere tiefsten Geheimnisse?«

C.J. nahm einen Schluck von seinem Bier, bückte sich zu ihr runter und sah ihr tief in die Augen.

»So hab' ich mir das vorgestellt. Und übrigens«, flüsterte er und näherte sich noch ein Stückchen, »die Sauce ist köstlich.«

Grace lachte laut los und stieß ihn von sich weg.

»Du hast sie schon probiert?«

»Ja, und ich konnte sie sogar davon überzeugen, nicht über den Pfannenrand zu springen, als du am Telefon warst.«

»Da bin ich aber froh. Sonst hätten wir uns noch mit einem Nasi Goreng vom Chinesen gegenüber abfinden müssen.«

Nachdem sie das Essen auf den Tisch gestellt hatte, nahm sie noch zwei Weingläser aus dem Schrank.

»Also, Mister Geheimnisvoll. Magst du es etwa nicht, wenn man dich Clark nennt?«

»Wenn du mich so nennst, hat es nicht unbedingt denselben Effekt, wie wenn meine Eltern mich früher so nannten. Vor allem, wenn sie mich Clark Jonathan riefen. Dann wusste ich, dass ich irgendetwas ausgefressen hatte. Du darfst mich gern Clark nennen, wenn du das möchtest. Meine Freunde nennen mich aber alle C. J.«

Grace stellte die Weingläser auf den Tisch und schenkte nur sich ein Glas ein, da Clark noch sein Bier in der Hand hatte.

»Du redest von deinen Eltern in der Vergangenheit. Was bedeutet das genau?«

»Dann ist die Fragestunde also eröffnet. Dong, Runde eins beginnt.«

Sie prosteten sich zu.

»Tut mir leid, ich wollte nicht unhöflich sein.«

»Nein, ist in Ordnung. Ich war ja derjenige, der vorgeschlagen hat, das langsame Herantasten zu überspringen.«

Gemeinsam setzten sie sich an den Esstisch.

»Meine Mom wohnt in Evanston. Ich besuche sie fast jeden Sonntag und helfe ihr mit dem Haus und im Garten. Sie ist eine wunderbare Person. So wie man sich eine Mutter wünscht. Mein Dad ist vor 12 Jahren gestorben, als ich am College war. Er hatte eine Herzoperation. Die OP lief eigentlich ganz gut, jedoch erwachte er nicht mehr aus der Narkose auf. Mit der Zeit versagten seine Organe. Nach ein paar Monaten rieten uns die Ärzte, die lebenserhaltenden Maschinen abzustellen. Ich habe damals entschieden, das College abzubrechen und zurück zu meiner Mutter zu gehen, weshalb ich nun den Abschluss nachhole. «

C.J. machte eine kleine Pause, um ein paar Bissen zu essen.

»Das ist alles ziemlich heftig. Ich bin erstaunt, dass du das alles so locker erzählst.«

Er sah sie erstaunt an.

»Wieso? Ist kein Geheimnis. Es ist ein Schicksal, wie es Tausende andere auch erleben.«

Grace stocherte in ihrem Teller herum.

»Fast hätte ich ein kleines Puzzleteil meines Lebens vergessen«, sagte Clark und legte die Gabel neben seinen Teller. »Ich bin adoptiert.«

»Ach, echt?«

Grace war fassungslos. Er schien dieses Thema sehr gelassen zu nehmen.

»Meine Eltern machten nie ein Geheimnis daraus, wofür ich ihnen immer sehr dankbar bin.«

»Clark, du erstaunst mich sehr.«

Grace fühlte langsam die Wirkung des Weins. Eine wohlige Wärme breitete sich in ihrem Körper aus. Oder war es die Nähe zu C.J., die ihre Körpertemperatur zum Steigen brachte?

»Als aber mein Vater starb, verspürte ich dann doch den Drang, meine leiblichen Eltern zu suchen. Ich fand heraus, dass meine Mutter bei meiner Geburt verstorben ist. Meinen Vater habe ich aber bis heute nicht gefunden. Ich weiß nicht, ob er von mir weiß.«

C.J. lehnte sich im Stuhl zurück und sah Grace über die Kerze, die in der Mitte des Tischs brannte, hinweg an.

»Wie alt warst du, als dein Vater starb?«

»Ich war 19. Mann, er war ein guter Kerl«, sagte er und sah seinen Vater im geistigen Auge vor sich, wie er ihm einen Baseball zuwarf. Sie beobachtete ihn und sah, wie seine Gesichtszüge weich wurden und sich seine Mundwinkel zu einem Lächeln verzogen.

Während sie ihre Pasta zu Ende aßen, erzählte C.J, ihr einige Anekdoten aus seiner Kindheit.

»Ich habe Nachtisch mitgebracht. Meine Adoptiv-Grandma hat gebacken. Schokoladenkuchen. Möchtest du?«

»Adoptiv-Grandma? Wie geht das denn?«

C.J. stand auf und ging zu seiner Tasche, um den in Alufolie verpackten Kuchen hervorzuholen.

»Ich habe bei der Arbeit eine Grandma adoptiert. Sie heißt Margrith und arbeitet bei uns am Empfang. Sie ist die liebenswürdigste und netteste Person in ganz Chicago. Aber sag es ihr nicht. Sonst steigt es ihr in den Kopf. Und«, er hielt das Bündel in die Luft, »backen kann sie auch noch wie 'ne Eins.«

Nachdem sie die Teller in die Küche geräumt hatten, setzten sie sich nebeneinander auf die Couch. Sie füllte die Weingläser nach, während C.J. den Kuchen auspackte.

»So, nun kennst du meine Geschichte. Wie sieht

es bei dir aus, Grace Bennett?«

Grace lehnte sich zurück und atmete tief aus. Sie konnte ihm nicht in die Augen sehen, als sie zu erzählen begann.

»Na gut. Du warst so offen und ehrlich zu mir, also werde ich es auch sein. Du musst aber wissen, dass du der erste bist, dem ich das alles erzähle. Die einzigen, die davon wissen, sind mein Cousin Dean und seine Frau Judith.«

C.J. schaute sie fragend an.

»Du musst nicht, wenn du nicht möchtest. Ich möchte dich zu nichts zwingen.«

»Nein, ich denke, die Zeit ist gekommen, mal darüber zu reden. Wieso ich das einem Typen anvertraue, den ich noch nicht einmal vierundzwanzig Stunden kenne, wissen wohl nicht einmal die Götter.«

Sie schmunzelten beide und prosteten sich nochmals mit ihren Gläsern zu.

Für einen Moment saßen sie beide still da, dann begann sie zu erzählen.

»Ich lebte mit meiner Familie in Tucson, Texas. Mein Dad verließ meine Mom und mich, als ich fünf Jahre alt war. Ich kann mich kaum noch an ihn erinnern. Mom fing danach mit dem Trinken an und kam kaum noch von ihren Kneipentouren nach Hause. Und wenn doch, hatte sie irgendwelche Typen dabei. Meist war ich alleine zuhause und wenn sie Besuch hatte, versuchte ich bei Freundinnen zu übernachten, damit ich nicht zuhören musste, wie sie es miteinander trieben. Als ich 15 war«, sie machte eine kleine Pause, trank einen Schluck Wein und atmete noch einmal durch, »hatte sie wieder mal einen neuen Freund. Er hieß, ach, Bob, Bobby irgend sowas, keine Ahnung mehr. Er schlug sie. Jeden verdammten Tag. Ich musste mir das mit ansehen. Ich hatte ja schließlich keine andere Wahl. Sie wollte nicht mit sich reden lassen und wollte ihn auch nicht verlassen. Keine Ahnung, was in ihr vorging, aber ich denke, sie hatte einfach Angst, wieder alleine zu sein.«

Grace kullerte eine Träne hinunter. C.J. umschloss ihre Hand ganz sanft, fast unmerklich, und Grace ließ es zu.

»Dieser Bob, oder wie auch immer er hieß, kam eines Nachts in mein Zimmer. Er legte seine Hand auf meinen Mund und flüsterte leise, *ich zeige dir jetzt, was deiner Mami auch so gefällt.*«

Sie konnte nicht weitersprechen, musste leer schlucken. Sie hielt kurz inne. Er wartete geduldig. Als sie sich wieder gefasst hatte, erzählte sie mit bebender Stimme weiter.

»Ich wusste natürlich, was er vorhatte, und versuchte seine Hand von mir wegzustoßen. Aber er war ein riesiger Mann und zu stark. Also griff ich zu meiner Nachttischlampe und zog sie ihm einfach über den Kopf. Dann sprang ich aus dem Bett und lief so schnell ich konnte aus dem Zimmer. Er kam hinter mir hergerannt und hielt sich den Schädel mit beiden Händen fest.«

Grace wischte sich einige Tränen aus dem Gesicht.

»Meine Mom kam gerade zur Tür herein und brüllte los, was denn hier los sei. Ich versuchte ihr alles zu erklären, aber Bob, Bobby, verneinte natürlich alles und versuchte mich als kleine, unartige Göre hinzustellen. Meine Mom wischte mir eine mitten ins Gesicht.«

Grace strich sich über die Wange, als würde sie den Schlag erneut fühlen.

»Sie betitelte mich als Lügnerin, es sei das Schlimmste, jemanden als Kinderschänder zu betiteln. Das war zu viel für mich, ich ging in mein Zimmer, schnappte mir meinen Rucksack und packte das Nötigste ein. Danach lief ich von zuhause weg. In diesem Moment fühlte ich mich stark und unbesiegbar.«

Sie trank noch einen Schluck Wein.

»Aber nur bis zur nächsten Straßenecke. Da stand ich dann, mit fünfzehn, mitten auf der Straßenkreuzung und wusste nicht, wohin.«

Sie erzählte, wie sie ein paar Tage bei Freundinnen untergekommen war, wohl wissend, dass das auf Dauer keine Lösung sein konnte. Sie wusste von keinem Familienangehörigen außer eines Cousins, Dean Harper. Sie betrieb Nachforschungen und stieß auf eine Adresse in Chicago. Um Geld zu verdienen, kellnerte sie während sie von Ort zu Ort nach Chicago trampte.

»Ich stand eines Tages mit nichts vor seiner Tür, klingelte und hatte das erste Mal in meinem Leben Glück. Dean war, nein, er ist ein Engel. Er empfing mich mit offenen Armen. Er borgte mir Geld, suchte mir ein Appartement, einen Job, ging mit mir einkaufen. Ich wusste nicht, wie es um mich geschah. Ich stehe für den Rest meines Lebens in seiner Schuld. Seine Frau, Judith, sie ist mittlerweile meine beste Freundin geworden.«
Sie merkte, wie sie seelisch erschöpft war. Dies zu erzählen war unglaublich befreiend, aber auch ziemlich anstrengend.

»Wow, eins zu null für dich. Deine Geschichte ist echt Hardcore.«

Grace musste lächeln, rammte ihm sanft ihre Faust in die Schulter.

»Hey, was soll das? Jetzt wirst du schon handgreiflich?«

Er packte ein kleines Kissen und warf es ihr an den Kopf. Sie fingen beide an zu lachen. Während er das Kissen wieder an seinen Platz legte, fragte er: »Und die Familienfehde, von der du vorhin gesprochen hast?«

»Judith hat mich vorhin angerufen. Anscheinend hat Dean seit einer Weile telefonischen Kontakt mit meiner Mutter.«

»Und das passt dir nicht.«

»Nein, überhaupt nicht! Ich will nicht, dass sie etwas über mich weiß. Ich will sie nicht mehr in meinem Leben haben.«

»Vielleicht solltest du mal mit Dean darüber reden?«

Grace stand auf und ging zum Fenster.

»Vielleicht hast du recht. Ich werde mit ihm sprechen.«

C.J. stand ebenfalls auf, stellte sich neben sie und legte vorsichtig einen Arm um ihre Schultern. Grace ließ es zu. Sie blickten eine Weile aus dem Fenster auf die Straße hinunter.

»Nun ist es an mir, dir für deine Offenheit und Ehrlichkeit zu danken. Du bist eine wahnsinnig starke Frau und musstest Unglaubliches durchstehen.«

Sie sah zu ihm hoch und lächelte ihn an.

»Danke für dein offenes Ohr.«

»Jederzeit.«

Die Straße unter ihnen war sehr belebt. Die Autolichter flogen hin und her, stoppten an den roten Ampeln und rasten bei Grün wieder davon.

C.J. musste Graces Erschöpfung spüren und lenkte das Thema auf ihren Job im Seventy Nine. Sie war froh, über etwas anderes sprechen zu können. Sie blieben eine Weile am Fenster stehen und redeten noch eine Zeitlang über belanglosere Dinge.

»Es ist spät geworden«, sagte er irgendwann, als er auf seine Armbanduhr blickte, »ich muss langsam los.«

C.J. drehte Grace zu sich um, um ihr in die Augen zu sehen.

»Musst du wirklich schon gehen?«

Sie war etwas enttäuscht.

»Ich habe morgen früh Schule.«

»Ach ja, ich habe ja ein Date mit einem Schuljungen. Mache ich mich da jetzt strafbar?«

»Wer weiß, vielleicht steht ja gleich die Polizei vor der Tür.«

Er lächelte sie an, aber ihr war auf einmal nicht mehr zum Lachen zumute. Sie erinnerte sich an ihren letzten Traum.

Die Officers. Die Verfolgung.

Grace versuchte die Gedanken rasch wieder abzuschütteln. Unterdessen begleitete sie ihn zur Tür.

»Na, dann werd' ich mal gehen.«

Er nahm ihr Gesicht in seine Hände, beugte sich zu ihr und öffnete leicht seine Lippen.

Grace zuckte fast unmerklich zusammen. Er ließ sie abrupt los, wich entschuldigend zurück und sah sie an.

»Sorry, das war unpassend. Ich schnappe mir meine Jacke und bin weg. Sorry. Ehrlich.«

Grace stand regungslos da wie eine Säule. C.J. wartete noch einen Moment, aber sie rührte sich nicht.

»Gute Nacht, Grace. Es war ein wirklich schöner Abend.«

C.J. öffnete die Tür, strich ihr sanft mit der Hand über die Wange und ging zur Treppe. Grace brachte kein einziges Wort hinaus. Erst als die

Tür vor ihr ins Schloss fiel, berührte sie mit ihren Fingern ihre Lippen und flüsterte leise: »Aber … aber … Ich wollte es doch auch. Gute Nacht, Clark.«

10.

*I*nnerlich fluchend, putze sich Grace etwas zu schroff die Zähne. *Wieso habe ich den Kuss nicht erwidert? Ich wollte es doch!* Es wäre ein solch schöner Abschluss für dieses wunderbare erste Date gewesen. Zugegeben, es war alles enorm schnell gegangen, und eine so intensive Verabredung hatte sie wirklich noch nie gehabt, aber das war ja wohl gerade das Spezielle daran. Sie spuckte den Rest Zahnpasta ins Waschbecken, gurgelte mit etwas Wasser nach und machte sich fertig, um ins Bett zu gehen.

Morgen musste sie früh raus, es war mal wieder Zeit für die jährliche Inventur des Clubs. Also stellte sie den Wecker auf 07.00 Uhr, löschte die Nachttischlampe und zerrte sich frustriert die Bettdecke über den Kopf. *Ach, C.J., hätte ich dich doch nur geküsst. Süßer, charmanter, C.J. …*

Am nächsten Tag machte Grace es sich im Keller

des Seventy Nine gemütlich. Eine Kanne Kaffee, zwei Cupcakes und die aktuelle Ausgabe der *Chicago Tribune* lagen bereit, damit sie sich während einer kleinen Pause über das aktuelle Weltgeschehen informieren konnte.

Sie wusste, dass sie mehr oder weniger den ganzen Tag brauchen würde, um das Inventar aufzunehmen. Kiste für Kiste, Flasche für Flasche. Sie versuchte, gleichzeitig die Bestellungen aufzunehmen, damit sie in wenigen Tagen nicht alles erneut in die Finger nehmen musste. Da saß sie nun allein auf dem Kellerboden und versuchte sich zu konzentrieren, aber das Einzige, was ihr durch den Kopf spukte, waren C.J.'s grüne Augen. Sie erlaubte sich einen Moment lang, in Gedanken zu schwelgen. Als die Tür oberhalb der Treppe fast geräuschlos aufging, schaute sie verwirrt auf die Wanduhr. Wer konnte das so früh sein? Sie sah von Weitem nur eine große, bärenhafte, männliche Gestalt die Treppe hinuntersteigen.

»Hallo? Wer ist da?«, rief sie nach oben. Er näherte sich. Grace stand langsam auf, damit sie besser sehen und wenn nötig davonlaufen konnte.

Du bist paranoid geworden.

Plötzlich stand er vor ihr.

»Hey Boss. Ich bin's, Bruce.«

Grace atmete die angehaltene Luft aus. Langsam litt sie wirklich unter Verfolgungswahn!

»Hey Bruce. Hast du mich aber erschreckt! Ich

habe schon gedacht, mein letztes Stündlein hätte geschlagen. Was machst du denn schon hier?«

Bruce legte ihr eine Hand auf den Arm.

»Alles in Ordnung, Boss. Ich bringe dich nur zu ihm.«

»Zu wem?«

Grace verstand nicht.

»Na, zu ihm.«

Er machte noch einen Schritt auf sie zu.

»Bruce, ich verstehe nicht, zu wem meinst du? Treibst du einen Scherz mit mir? Denn, wie du siehst, habe ich keine Zeit für Scherze.«

»Es ist alles in Ordnung, ich bringe dich nur zu ihm, das ist alles.«

Grace wich ein wenig von ihm zurück. Was sollte das alles? Sie war verwirrt.

Zu ihm, zu wem? Alles ist in Ordnung.

Der Traum!

Es fiel ihr wie Schuppen von den Augen. Bruce Worte waren dieselben wie jene des Polizisten im letzten Traum! Träumte sie etwa in diesem Moment? Dann war Bruce nur reine Fantasie. Oder doch nicht?

»Bruce, träume ich etwa?«

Er schaute sie mit einem leeren Blick an.

»Ich will dich einfach zu ihm bringen.«

Bruce packte sie wieder am Arm, dieses Mal aber härter.

»Bruce, du tust mir weh! Lass mich los.«

Sie schlug seine Hand weg und ging noch ein

paar Schritte rückwärts.

»Alles in Ordnung, Boss.«

Sie musste hier raus. Sie ahnte zwar, dass alles nur ein Traum war, aber der Überlebensinstinkt war trotzdem alarmiert.

»Okay, Bruce. Ich hole kurz meine Handtasche, ehm, oben, dann gehen wir gemeinsam zu … ihm, in Ordnung?«

»In Ordnung.«

Grace ging langsam Richtung Treppe, ohne Bruce aus den Augen zu lassen. Als sie oben an der Tür ankam, wiegte sie sich langsam in Sicherheit, denn Bruce bewegte sich keinen Zentimeter von der Stelle. Sie öffnete die Tür. Auf der anderen Seite erwartete sie Roy.

»Hey Grace, er wartet schon auf dich.«

Sie wich ein paar Stufen zurück.

»Hey Roy. Ehm, ich habe Bruce gerade gesagt, dass ich nur kurz meine Handtasche hole, danach begleite ich euch. Okay?«

Roy starrte sie an.

»Ich begleite dich.«

Mist, Roy, hatte schon immer mehr in der Birne gehabt als Bruce. Wieso sollte das in ihrer Fantasie anders sein? Sie gingen zusammen zur Bartheke, wo sie ihre Handtasche wie immer in der untersten Schublade verstaut hatte. Die Tasche war zwar da, aber Grace tat so, als würde sie sie suchen, um kurz nachzudenken. Gab es im Club einen sicheren Ort?

Musste sie einfach darauf warten, bis der Wecker sie aus dem Schlaf riss? Würden Bruce und Roy ihr was antun? Wer war *er*? Oder war das alles einfach ein Produkt ihrer blühenden Fantasie? Ihre Gedanken drehten sich im Kreis.

Die Aufbewahrungskammer von Richard! Dort konnte sie sich verbarrikadieren, bis sie aufwachte. Richard hatte massenweise Schlösser an der Tür angebracht, da ihm der Inhalt so viel bedeutete und er Angst hatte, dass einer der Gäste ihm etwas stehlen könnte. Die Kammer war ein kleines Paradies für Antiquitätensammler und Handwerker. Sie befand sich im dritten Stock. Bis dorthin musste Grace es irgendwie schaffen.

Sie schnappte sich ihr Handy aus der Handtasche, obwohl sie es für nutzlos erachtete, da sie sich ja in einem Traum befand, aber man wusste ja nie. Möglichst unauffällig ließ sie es in ihre Hosentasche gleiten.

»Meine Handtasche ist nicht hier. Könnte sein, dass ich sie in der Bar im ersten Stock gelassen habe. Ich schaue mal kurz nach.«

Roy wich ihr leider nicht von der Seite. Bruce stand wahrscheinlich immer noch an derselben Stelle im Keller, was ihr nur recht sein konnte. Sie gingen gemeinsam die Treppe hinauf zur Bar im ersten Stock. Grace wühlte in der Bar herum und versuchte etwas zu finden, was ihr helfen konnte, während Roy davorstand und auf sie wartete. Ihre Hände glitten über eine Flasche

Martini. Sie nahm ihren ganzen Mut zusammen, packte die Flasche am Hals und versteckte sie blitzschnell hinter ihrem Rücken. Unsicher und nervös wankte sie auf Roy zu und schlug ihm die Flasche mitten ins Gesicht. Dann lief sie los, ohne einen Blick zurück zu werfen. Das Aufheulen hinter ihrem Rücken bestätigte ihr, dass der Schlag seine Wirkung zeigte.

Sie erreichte den zweiten Stock und rannte weiter den Flur entlang, um zur Treppe in den dritten Stock zu gelangen. Die Schritte hinter ihr kamen näher.

Roy hatte sich zu schnell erholt.

»Bruce, komm schon!«

Scheiße, gleich würden wieder beide hinter ihr her sein. Sie erreichte den dritten Stock und lief den Flur entlang. Von weitem sah sie die Tür zu Richards Reich. An der Tür angelangt, rüttelte sie am Türknauf. Abgeschlossen. *Verdammt!* Wieso sollte sie auch offen sein? Sie blickte den Flur zurück. Roy und Bruce rannten auf sie zu. Sie stand in einer Sackgasse.

»Hey Jungs, es tut mir leid. Echt, es tut mir leid. Bitte tut mir nichts.«

Sie kamen vor ihr zum Stehen und versuchten zu Atem zu kommen, als Grace hinter den Jungs am Ende des Flurs im Schatten eine Gestalt entdeckte. Sie blinzelte ein paar Mal, um sich zu vergewissern, dass sie sich nicht täuschte. Es war ein Mann, ziemlich groß, sportliche Figur. Er bewegte sich keinen Millimeter und sah zu ihr herüber. Grace konnte es nicht glauben.

Das ist doch Clark!

»Clark! Bitte! Clark, hilf mir!«

Doch Clark bewegte sich immer noch nicht.

Bruce packte sie am Arm und schleifte sie durch den Flur.

»Wir bringen dich jetzt zu ihm. Alles ist in Ordnung.«

Grace versuchte sich aus Bruce' Griff zu befreien, doch Roy packte schon ihren anderen Arm. Sie schleiften sie gemeinsam die Treppe hinunter. Sie blickte nochmals zurück.

»Clark, bitte hilf mir.«

Dieser starre Blick, und immer noch keine Bewegung. Wie eine steinerne Säule. Als sie in der untersten Etage angelangt waren, war Grace zu erschöpft, um sich noch gegen die Jungs zur Wehr zu setzen. Das Einzige was sie noch wahrnahm, war ein leises Piepen im Hintergrund.

Piep, piep.

Bruce öffnete die Tür des Clubs. Kälte strömte ihnen ins Gesicht.

Piep, piep.

Der Wagen war schon vorgefahren und Roy öffnete die Hintertür.

»Alles wird gut, Grace, wir bringen dich jetzt zu ihm.«

Piep, Piep. Piep. Piep.

»Oh mein Gott! Das ist der Wecker!«

11.

Spontan entschied sich C.J., die restlichen vier Blocks zu Fuß zu gehen, und er bedeutete dem Taxifahrer, anzuhalten. Er streckte dem Fahrer die 12 Dollar nach vorne, die er ihm für die Fahrt schuldete und stieg aus. Er kam nicht weit und musste bei einer roten Ampel am Fußgängerstreifen anhalten. Der Wind wehte die ersten Blätter von den Bäumen. Er fröstelte und schloss den Reißverschluss seiner Jacke bis oben zu. Als hätte er Petrus ein Zeichen gegeben, fing es leicht zu regnen an. *Na toll,* dachte er, wäre er wohl besser im Taxi geblieben. Auf der anderen Straßenseite stand ein junges Pärchen und wartete ebenfalls darauf, die Straße überqueren zu können. Sie tuschelten und kicherten und sahen sich verliebt in die Augen. Denen war wohl ziemlich egal, dass es gleich in Strömen gießen würde. Er dachte an Grace und musste unweigerlich lächeln. Hätte er sie doch einfach geküsst.

Nein, nicht bei dieser Vergangenheit. Wenn er sich vorstellte, was ein unerwünschter Annäherungsversuch bei ihr auslösen musste, wurde ihm beinahe schlecht. Sie war eine faszinierende Frau. Stark und trotzdem zerbrechlich.

»Clark! Bitte! Clark, hilf mir!«

Was zum Teufel!

C.J. drehte sich einmal um seine eigene Achse. Hörte er etwa gerade Graces Stimme? Es waren nicht viele Menschen unterwegs und von den wenigen, die Schutz vor dem Regen suchten, hatte niemand Ähnlichkeit mit Grace. Ihm fiel nichts Außergewöhnliches auf. Er bemerkte erst, dass die Ampel schon lange grün war, als das junge Pärchen turtelnd an ihm vorbeiging. Die Gedanken an Grace waren wohl ein bisschen zu intensiv gewesen. Als er weiterging, schüttelte er irritiert den Kopf und steckte seine Hände in die Jackentasche.

»Clark, bitte hilf mir!«

Clark blieb wie versteinert stehen. Das bildete er sich doch nicht ein? Er drehte sich ganz schnell um, in der Hoffnung, einen Blick auf etwas zu erhaschen. Nichts. Nur die leere Straße lag vor ihm. Auch keine Spur mehr vom jungen Paar, welches es wohl eilig hatte, nach Hause zu kommen, um die Zweisamkeit zu genießen. Hatte sein Handy in der Hosentasche einen Anruf von

Grace entgegengenommen und er hörte dadurch ihre Stimme? Er nahm sein Smartphone hervor und blickte auf das Display, um sich zu vergewissern. Kein Anruf, keine SMS. Nur eine E-Mail von einem Warenhaus mit Werbung für seine Lieblingssneakers. Er drehte sich noch einmal im Kreis und suchte jede Straße ab, um sich zu vergewissern, dass Grace nicht in der Nähe war. *Was für ein Abend,* dachte er, während er sich den Nacken massierte.

Er konnte sich das Ganze nur mit seinem momentanen Schlafmangel erklären. Er ging weiter und war froh, keine weiteren Stimmen mehr zu hören. Der Club Seventy Nine schlich sich in seine Gedanken. Er überlegte sich kurz, wie viele Stockwerke der Club wohl haben musste. Zwei oder etwa drei? Wie nannte Grace noch gleich die Türsteher? Roy und Bruce, glaubte er sich zu erinnern. Hatte Grace sie überhaupt jemals erwähnt? Und weshalb dachte er gerade jetzt an die beiden? Die Stille, die sich währenddessen über die Stadt gelegt hatte, registrierte er nicht. Hätte er aufgeschaut, wäre ihm vielleicht aufgefallen, dass der Wind aufgehört hatte zu wehen und kein einziges Blatt mehr davontrug. Stattdessen hingen die Blätter in der Luft und bewegten sich nicht mehr. Jeder einzelne Regentropfen war zum Stillstand gekommen und glitzerte im Licht der Straßenlaternen, als wäre der Sternenhimmel auf die Stadt hinuntergestürzt und kurz vor dem Aufprall abrupt abgebremst worden.

Die Zeit war stehen geblieben.

Doch C. J. bemerkte nichts von alledem. In Gedanken versunken und den Blick nur auf seine braunen Schuhe gerichtet, stapfte er weiter.

Plötzlich überkam ihn ein ungutes Gefühl und sein Magen krampfte sich schlagartig zusammen. War Grace in Gefahr oder wurde er allmählich verrückt?

12.

*N*achdem Grace die Inventur, die diesmal tatsächlich und in Wirklichkeit stattfand, ohne kuriose Zwischenfälle hinter sich gebracht hatte, entschied sie sich, ihren Arzt anzurufen. Sie musste unbedingt einen Termin vereinbaren. Zu ihrer Überraschung hatte ein anderer Patient gerade seinen Termin abgesagt und sie konnte gleich bei Dr. Crawford vorbeigehen. Kurze Zeit später saß sie im Wartezimmer und versuchte die Zeit mit einer Klatschzeitung totzuschlagen. Eine Schlagzeile erregte ihre Aufmerksamkeit besonders.

Marc o'Hara und seine Frau zu Gast im Seventy Nine, Chicago.

»Ha! Das ist ja der Knüller!«

Sie riss den Artikel aus dem Heft und stopfte ihn in ihre Tasche. Als sie gerade den nächsten Artikel über einen weiteren Star mit unwichtigen Hollywood-Problemen in Angriff nehmen wollte, öffnete sich die Tür.

»Miss Bennett, schön Sie zu sehen. Kommen Sie doch bitte mit.«

»Guten Tag, Doktor Crawford. Danke, dass Sie mich so kurzfristig empfangen.«

Sie gingen gemeinsam in sein Untersuchungszimmer.

»Tja, wenn es sich so ergeben hat. Bitte, setzen Sie sich doch. Also.« Er setzte sich seine Brille auf und nahm ihre Akte aus dem Aktenschrank.

»Wie geht es Ihnen, Miss Bennett?«

Grace lehnte sich in ihrem Stuhl zurück.

»Wo soll ich bloß anfangen.«

Dr. Crawford sah sie über seine Brille hinweg an.

»Ich stelle Ihnen die Frage anders. Wirken die Tabletten ein wenig, die ich Ihnen mitgegeben habe?«

»Nicht so, wie ich es mir vorgestellt habe, Doktor.«

Dr. Crawford kritzelte etwas in die Akte.

»Ich kann zwar wieder schlafen, seit ich bei Ihnen in Behandlung bin, aber nun plagen mich seit einiger Zeit furchtbare Albträume.«

»Albträume? So? Und die hatten Sie vorher nicht?«

Es war ihr immer unangenehm, mit ihm zu sprechen, aber sie wusste ja, dass er ihr nur helfen wollte. Es kam ihr vor, als würde er sie nicht ernst nehmen, ihr überhaupt nicht zuhören, und trotzdem wusste er am Schluss jedes einzelne Detail.

»Nein, bisher nicht. Es sind furchtbare Träume und ich kann sie tagsüber kaum noch abschütteln. Sie verfolgen mich.«

Der Arzt legte seinen Stift weg und rieb sich seinen grauen Dreitagebart.

»Können Sie mir vielleicht kurz beschreiben, worum es in Ihren Träumen geht? Sie müssen mir keine Details nennen, aber vielleicht ein paar Anhaltspunkte?«

»Also, wie soll ich sagen ... Ich werde gejagt, man versucht mich umzubringen, Entführung kam auch vor. So in etwa?«

Grace merkte, wie ihre Backen anfingen zu glühen, es war ihr einfach zu peinlich.

»Ja das klingt, als ob sie schweißtreibende Nächte hinter sich hätten, Miss Bennett. Interessant, dass Sie zwar wieder schlafen können, jedoch nun keinen ruhigen und erholsamen Schlaf finden. Die Tabletten nehmen Sie regelmäßig, nehme ich an?«

»Ja, natürlich, wie Sie es mir verschrieben haben.«

»Gut.«

Dr. Crawford kritzelte wieder etwas in die Akte.

»Wie ich Ihnen schon gesagt habe, das Weshalb und Warum kann ich Ihnen leider nicht beantworten, da empfehle ich Ihnen immer noch eine psychiatrische Behandlung. Die Schlaftabletten müssten Sie allerdings weiterhin nehmen. Denn

Schlaf benötigen Sie, lieber traumvolle Nächte als schlaflose, nicht wahr?«

Grace versuchte ihm ein Lächeln zu schenken, erhoffte sich aber etwas mehr von ihrem Besuch bei ihm, als solche Sprüche. Graces Blick schweifte durch das Zimmer. Wie in jedem Arztzimmer stand in der Ecke ein Skelett, welches einen schief ansah, wenn es das überhaupt konnte. Der Bürotisch wirkte sehr alt und antik. Musste Mahagoni sein. Ihr Blick blieb am bis zum Bersten gefüllten Bücherregal hängen. Die Bücher handelten von Anatomie, Pharmakologie, andere von Biologie, Gynäkologie, Pathologie. Irgendwo dazwischen sah sie einen Thriller von Steven King. *Moment, Pathologie, war das nicht ...*

»Miss Bennett, können Sie mir sagen, um welche Uhrzeit Sie genau zu Bett gehen? Da Sie ja im Club arbeiten, ist ihre Schlafenszeit ziemlich unregelmäßig, nehme ich an.«

»Ehm ja, meist spät natürlich. Ich schätze, um 03.00 Uhr in der Früh versuche ich meist im Bett zu sein.«

Ob das Steven King Buch für seine Pausen war? Sie hätte wohl auch ab und an einen Thriller gelesen, wenn sie sich sonst nur mit solchen medizinischen Wälzern herumschlagen müsste.

»Apropos, wann kommen Sie wieder mal in den Club?«

Dr. Crawford blickte auf und lächelte sie an.

»Wissen Sie, Miss Bennett, ich hatte es eigentlich

gerade heute Abend wieder mal vor. Als Sie mich heute angerufen haben, dachte ich mir, es wäre wieder mal an der Zeit, mir einen Drink zu genehmigen. Und wo kann ich das besser, als im Seventy Nine, nicht wahr? Vielleicht fange ich mir mit meinem Charme ja noch den einen oder anderen Patienten ein, wie Sie damals.«

Sie schmunzelten beide und Grace dachte an den Abend zurück, als sie Dr. Crawford kennengelernt hatte.

Es war vor ziemlich genau drei Monaten gewesen, als sie hinter der Theke im Club mit Sully darüber sprach, dass sie seit Tagen kaum geschlafen hatte. Egal, wie müde sie war, sie fand einfach keinen Schlaf. Da streckte ihr ein Typ, Mitte fünfzig, seine Visitenkarte vor die Nase.

»Vielleicht kann ich Ihnen weiterhelfen.«

Er klang schon ziemlich angetrunken und im ersten Moment hielt Grace das für eine furchtbar billige Anmache. Danach betrachteten Sully und Grace die Visitenkarte genauer.

Dr. Victor C. Crawford
Facharzt für Innere Medizin,
Neurologie und Schlafmedizin

»Sie sind Spezialist auf diesem Gebiet?« fragte Sully und musterte den Betrunkenen.

»Genau, so isses«, säuselte der angebliche Arzt und streichelte seinen grauen Dreitagebart, der im Discolicht abwechselnd grün und blau schimmerte. Sully runzelte die Stirn und sah Grace verwundert an, wurde aber gleich von anderen Gästen in Beschlag genommen, die kurz vor dem Verdursten schienen. Er klopfte Grace auf die Schulter und ließ die beiden an der Bar zurück. Grace wusste im ersten Moment nicht so recht, was sie antworten sollte. Deshalb stammelte Dr. Crawford, so gut er in seinem Zustand noch konnte, weiter.

»Es tut mir leid, ich habe Ihr Gespräch vorhin mitgehört und dachte, vielleicht möchten Sie mal einen Termin vereinbaren. Auf der Rückseite der Karte stehen meine Nummer und meine Adresse.«

Sie drehte die Karte in ihrer Hand um und las die Aufschrift. Die Praxis war nicht weit von hier entfernt.

»Danke, Dr. …«

»Crawford. Dr. Crawford. Rufen Sie mich einfach bei Gelegenheit an. Ich nehme noch neue Patienten auf.«

Vielleicht konnte er ihr wirklich weiterhelfen. Sie gab ihm noch einen Drink aus. Seine Wahl fiel auf einen schottischen Whisky, einen Cragganmore, wohl eher zufällig und nicht, wie er behauptete, weil er sich auskannte. Danach bestellte sie ihm ein Taxi.

Und nun saß sie schon das dritte Mal in seiner Praxis. Der erste Termin vor knapp 10 Wochen war eher ein Kennenlerngespräch gewesen und eine Woche darauf hatte er ihr die Schlaftabletten verschrieben, die sie nun seit gut zwei Monaten einnahm. Sie halfen ihr wirklich und sie konnte wieder schlafen. Aber diese verdammten Träume. Wann hatte sie den ersten Traum gehabt? Wann hatte das alles begonnen? Sie musste sich wohl langsam damit auseinandersetzen, wenn sie dieses Thema mit einem Therapeuten besprechen wollte.

»Können Sie mir einen Psychiater empfehlen, Doc?«

»Nun«, Dr. Crawford schrieb unleserlich den Satz in der Akte zu Ende.

»Ich werde Ihnen ein paar Kollegen aufschreiben und Ihnen per Mail die Adressen zusenden. Wäre das für Sie in Ordnung?«

»Ein paar?« Grace sah ihn verwundert an.

»Ja, Sie müssen wissen, Sie werden mit dem Therapeuten sehr intime Gespräche führen und falls Ihnen die Person nicht sympathisch ist oder sie sich unwohl fühlen, sollten Sie die Möglichkeit haben, zu einem anderen Therapeuten zu gehen. Vergleichen Sie es wie mit dem Anprobieren von Schuhen. Nicht jeder Schuh passt auf jeden

Fuß. Es sollte sich eine Wohlfühloase entwickeln, damit sie sich frei fühlen und sich lösen können. Eine Vertrauensbasis, das ist das Wichtigste.«

Auweia, da hatte sie wohl noch einiges vor sich. Den Mount Everest zu erklimmen musste einfacher sein als in die eigene Psyche einzudringen, um dort mal Ordnung zu schaffen.

»Dr. Crawford, darf ich Sie noch etwas fragen?«

»Natürlich, Miss Bennett, dafür bin ich doch da, nicht wahr?«

Grace versuchte ihre Gedanken in einen Satz zu formen. Sie biss sich auf die Unterlippe, während sie überlegte.

»Ich glaube, ich habe von jemandem geträumt, noch bevor ich ihn kennengelernt habe.«

Grace rutschte in ihrem Stuhl noch etwas nach unten.

»Ich meine, meine Frage ist, glauben Sie, dass dies möglich ist, oder ist dies nur reine Einbildung?«

Dr. Crawford sah ziemlich unbeeindruckt aus von ihrer Frage, was sie etwas beunruhigte. Hatte er nun das Gefühl, dass sie anfing durchzudrehen?

»Miss Bennett, meiner Meinung nach haben Sie die letzten Tage sehr viel wirres Zeug geträumt und einiges miteinander vermischt. Ich persönlich glaube nicht an Vorsehung oder Übernatürliches, wenn Sie das meinen. Wie schon erwähnt, die Psyche ist nicht mein Fachgebiet. Aber keine Sorge, ich halte Sie jetzt nicht für verrückt. Denn, etwas müssen Sie wissen, im Gedankenlesen bin ich ziemlich gut.«

Er zwinkerte ihr zu und lächelte schief. Am liebsten wäre Grace im Boden versunken.

»Also, Miss Bennett, ich würde sagen, wir treffen uns in ungefähr zwei Wochen wieder. Würde das für Sie passen?«

Sie kramte in ihrer Tasche nach dem Smartphone, damit sie die Kalender-App öffnen konnte. Gemeinsam verabredeten sie einen Nachfolgetermin.

»Ach, Miss Bennett, kennen Sie denn diesen Jemand, von dem Sie geträumt haben, persönlich?«

»Erst seit Kurzem.«

»Aber es handelt sich nicht um eine flüchtige Bekanntschaft?«

»Nein … also doch…Ich habe C.J. kürzlich im Club kennengelernt. Weshalb?«

Dr. Crawford blinzelte durch seine Brille, während er den Termin in seinen Kalender eintrug.

»Ach, nur reine Neugier.«

Zum Abschied reichte sie dem Doc die Hand.

»Dann vielleicht bis heute Abend, Dr. Crawford.«

»Ich überlege es mir. Auf Wiedersehen, Miss Bennett.«

13.

Decatur, Alabama
1988

*D*as Riesenrad war schon von Weitem zu sehen und Sue griff vor Vorfreude nach Vics Hand, die auf dem Schaltknüppel ruhte.

»Als Erstes musst du mir einen Teddy gewinnen, danach gehen wir gemeinsam auf das Riesenrad und, oh, die Zuckerwatte darf nicht fehlen!«

Vic setzte den Blinker und parkte seinen rostigen Chevy, den er für nichts auf der Welt hergeben würde, neben einem roten Pick-up.

»Hast du schon den ganzen Abend minutiös verplant, Süße?«, fragte er sie grinsend und stieg danach aus, um auf die andere Seite seiner Karre zu eilen. Welch ein Gentleman, dachte Sue, als Vic die Tür öffnete und ihr seinen Ellenbogen hinstreckte.

»Also dann, wir dürfen keine Zeit verlieren. Punkt eins auf der Liste: Teddy gewinnen für die wunderschöne Miss Susan Dunlevy.«

Gemeinsam schritten sie zum Eingangstor des Morgan County Fair, dem Jahrmarkt, der auch diesen September in Decatur für zehn Tage zu Besuch war. Sie schlenderten Hand in Hand durch den Markt, genossen das wilde Treiben und gönnten sich eine klebrige, rosafarbene Zuckerwatte.

Sue beobachtete amüsiert einen kleinen Jungen, der versuchte, seinen großen, langhaarigen Hund mit der Leine hinter sich herzuziehen.

»Komm schon, Clarky. Wir wollen doch zum Karussell!«

Der Hund ließ sich nicht beirren und setzte sich auf sein Hinterteil. Sitzend hechelte der Collie mit seinem weißen Fellkragen dem Jungen mitten ins Gesicht.

»Clarky. Clark. Ein schöner Name. Findest du nicht auch?«, fragte Sue Vic.

»Für einen Köter? Ja, wieso nicht.«

Vic zog sie an der Hand Richtung Getränkestand.

»Nein, ich meine eigentlich für ein Kind.«

»Hä?«

»Möchtest du denn irgendwann Kinder?«

Sie wusste, dass diese Frage sehr heikel war, doch sie wollte wissen, ob sie mit ihm eine gemeinsame Zukunft planen konnte. Da sie sich schon immer eine große Familie gewünscht hatte, gab es für sie keine andere Option.

»Keine Ahnung. Denke ja. Wieso?«

Ihre Augen fingen zu funkeln an.

»Einfach so, vergiss es wieder. Komm, hol mir einen Teddy!«, antwortete sie mit einem zufriedenen Lächeln.

Vic versuchte sich später tatsächlich am Flaschenwerfen, damit er Sue einen Erinnerungsteddy schenken konnte.

»Na, sieht aus, als würdest du leer ausgehen, Kleiner.« Der Standbesitzer, ein kleiner Mann mit einem langen, ungepflegten Bart, schmunzelte und nahm einen tiefen Zug von seiner Tabakpfeife. »Den Teddy kriegst du nur, wenn du alle Flaschen triffst.«

»Ja, ja, hab's kapiert, Alter.«

Vic wirkte angespannt. War doch nur ein albernes Spiel, dachte sich Sue. Drei von acht Flaschen standen noch da. Er drehte den kleinen Ball in seiner Handfläche, als wäre er ein Baseballspieler mitten im Spiel seines Lebens. Sue wartete förmlich darauf, dass Vic auch noch Kautabak auf den Boden spucken würde, sich anfing am Sack zu kratzen und ihr geheime Zeichen zusenden würde.

Als er dann doch endlich warf, blieb eine Flasche beharrlich stehen.

»Verfluchte Scheiße!«, fluchte Vic und trat gegen die Theke. Sue fuhr zusammen.

»Tja, Miss, doch keinen Teddy für Sie. Außer Sie

versuchen Ihr Glück nochmal, Sir?«

Der bärtige Zwerg setzte ein hämisches Lächeln auf. Dadurch kamen seine gelb-schwarz gefleckten Zähne zum Vorschein, was Sue ziemlich anwiderte. Sie legte Vic eine Hand auf die Schulter.

»Hey, ich brauche keinen Teddy, um mich an diesen wunderbaren Abend zu erinnern. Komm, lass und noch auf das Riesenrad gehen.«

Vic ließ sich von Sues Augen und ihrem Lächeln wieder besänftigen.

»Okay, wie du meinst. Aber ich versuch's später bei einem anderen Stand nochmal, das verspreche ich dir! Vielleicht bin ich ja im Schießen besser.«

Sie musste kichern. Er konnte es einfach nicht lassen. Sie schritten gemeinsam Richtung Riesenrad und ließen den Zwerg mit seinen Teddys zurück.

»Oh, sieh nur, eine Hellseherin!«

Sue griff nach Vics Hand und schleifte ihn zu einem dunkelvioletten Zelt. Das schwarze Schild, das vor der Tür stand, war mit einem goldenen, verschnörkelten Rahmen verziert.

HELLSEHERIN MAGGIE
Trete ein und wage den Blick in
deine Zukunft

»Klingt spannend, nicht?«, fragte Sue Vic und betrachtete fasziniert den Eingang, vor dem links und rechts je eine Fackel brannte. Die Flammen waren nicht wie gewöhnlich gelb-orange, sondern sie loderten in einem dunklen Violett. Vic trat neben Sie und starrte sie ungläubig an.

»Das ist aber jetzt nicht dein Ernst. Für so einen Humbug willst du Geld ausgeben?«

Susan trat einen Schritt zurück und spielte theatralisch die Empörte.

»Ach, das sagt mir einer, der weiß Gott wie viele Dollar ausgibt, um seine Rostlaube zu reparieren, obwohl sie schon auseinanderfällt, wenn man die Tür öffnet?«

»Das kann doch jetzt nicht dein Ernst sein! Was hat das damit zu tun?«, fragte Vic etwas enttäuscht. »Wenn du hier hineinwillst, bitte. Aber erwarte nicht, dass ich dich begleite.«

Vic griff in seine Jackentasche, nahm seine Schachtel Marlboros heraus und steckte sich eine davon in seinen rechten Mundwinkel. Sue streckte ihm mit einem versöhnlichen Blick ein brennendes Feuerzeug entgegen.

»Würdest du auf mich warten?«

Nachdem er einen tiefen Zug der Zigarette genommen hatte, stieß er den Rauch geräuschvoll aus seiner Lunge wieder aus.

»Ich kann ja in der Zwischenzeit einen Teddy für dich schießen gehen, Süße.«

Er griff ihr an die Hüfte und zog sie sanft an sich.

»Aber lass dir nicht irgendeinen Firlefanz einreden, klar?«

»Versprochen.«

Seine Hand rutschte langsam von der Hüfte auf ihren Hintern und er drückte sie noch etwas fester an sich.

»Ich bin dort drüben, falls du mich suchst.«

Vic gab ihr einen Kuss, drehte sie um und klatschte ihr noch einmal auf den Po, bevor er lässig einen weiteren Zug an seiner Marlboro nahm. Sue drehte sich noch einmal verträumt nach ihm um, bevor sie in das Zelt trat. Es war ziemlich finster, nur einzelne Kerzen erhellten den Raum. An den Wänden standen verschiedene Figuren. Katzen, Löwen, Eidechsen und Elefanten, aber auch indische Holzfiguren und asiatische, farbig bemalte Schalen. Einzelne Knochenteile und Traumfänger hingen von der Decke. Susan erschauderte beim Anblick der Voodoo-Puppe, die sie aus einem Regal heraus anstarrte. Im Kopf der kleinen Puppe steckte eine silbern-glänzende Nadel, aber das schien die Puppe nicht weiter zu stören, denn sie grinste Sue fröhlich an. Es war keine bestimmte Stilrichtung oder Kultur in den gesammelten Utensilien zu erkennen. Es herrschte ein wildes Durcheinander, als wäre jede mystische Kunstart der Welt in diesem kleinen Zelt vertreten. Fehlt nur noch die Glaskugel, dachte Sue. In der Mitte stand ein kleiner, runder Holztisch mit zwei unterschiedlichen Stühlen.

»Ah, endlich! Auf Sie habe ich gewartet.«

Sue schreckte auf und drehte sich um. Eine Frau schien aus dem Nichts aufzutauchen.

»Ich hatte schon befürchtet, Sie überlegen es sich anders.«

»Wie meinen Sie das?«

»Ach, ich habe Sie draußen reden gehört, mit ihrem Freund, nehme ich an?«

Ihr attraktives Gesicht formte sich zu einem freundlichen Lächeln.

»Setzen Sie sich. Nein! Nicht auf meinen Stuhl. Bitte, nehmen Sie diesen.«

Verwundert blickte Sue die Stühle an. Sie hatte sich doch noch gar nicht in Bewegung gesetzt, wie konnte die Frau wissen, für welchen Stuhl sie sich entschieden hatte? Sie stellte ihre Handtasche auf den Boden und setzte sich zögerlich an den Tisch.

»Keine Scheu, ich beiße nicht, ich belle nur«, lächelte die Frau, setzte sich ebenfalls hin und strich ihren langen Mantel glatt. Er sah aus wie ein Morgenmantel, im selben Violett wie das Zelt. Sie verschmolz förmlich mit dem Hintergrund. Das war wohl ihr Trick, sich unmerklich darin zu bewegen.

»Ah, ihre Aura. Diese Farben. Sie erzählen mir schon einiges von Ihnen«, flüsterte sie und strich sich ihre langen, schwarzen Haare aus dem Gesicht.

»Ach ja? Und was erzählt die Aura so?«

Sue fing schon jetzt an zu zweifeln und dachte an Vics Worte.

Welch ein Humbug.

Erst jetzt bemerkte Sue die Augen der Zigeunerin. Sie erschienen in diesem Licht ebenfalls fast violett. So etwas hatte sie vorher noch nie gesehen. Das musste irgendeine Augenkrankheit sein, dachte sie.

»Sie sind eine junge, aufgeschlossene Frau. Leidenschaftlich, abenteuerlustig und ja, ich sehe da viel Liebe, die sie verschenken möchten.«

Die Hellseherin, Maggie, wie sie sich nannte, schloss die Augen und wiegte sich hin und her, während sie weitersprach. Sue rümpfte die Nase.

»Mmmhhhh … Sie kommen aus gutem Hause. Aber das gefällt Ihnen nicht immer. Ihr Vater wünscht sich für Sie eine anständige Zukunft. Einen anständigen Mann. Er sieht sie als, mmmhhh, Moment... Anwältin? Er ist ebenso Anwalt. Richtig?«

Sue schluckte und starrte Maggie an.

»Wie …?«

»Ohhhhh, aber Ihre Mutter. Sie will nur, dass Sie glücklich sind. Sie ist eine liebe Frau, Sue.«

Sue starrte Maggie mit offenem Mund an.

»Woher wissen Sie meinen Namen?«

Auf Sues Handflächen bildete sich ein Schweißfilm.

»Mmmmmmhh, Sue, ich sehe es. Ich fühle es. Ihre Aura spricht mit mir.«

Maggie wiegte sich weiter hin und her und summte. Plötzlich stoppte sie mitten in ihrer Bewegung, ergriff Sues Hand und die violetten Augen starrten sie an.

»Sie haben aber ganz andere Wünsche, Susan Dunlevy. Ganz andere Wünsche. Nicht Anwältin. Das sind Sie nicht. Mmmmmhhhh.«

Sie fing wieder an sich zu wiegen, ließ aber Sues Hand nicht mehr los.

»Ich sehe ein Baby. Ja, ein süßes, kleines Baby.«

Sues Augen weiteten sich.

»Jaaaa, Sie wünschen sich ein Kind, nicht wahr?«

Die Enttäuschung war Sue anzusehen. Es war keine Vorsehung von Maggie, nur eine Feststellung.

»Ja, kann sein.« Sie war zu irritiert, um zu antworten.

»Mmmmmh, ein Baby, Sie können einem Baby viel Liebe schenken, das sehe ich. Ich fühle es.«

Maggie summte weiter und brabbelte irgendwelche Sprüche in einer für Sue unbekannten Sprache.

»Hören Sie, ich denke, ich sollte langsam wieder los. Wie viel bin ich Ihnen schuldig?«

Maggies Griff an Sues Hand verstärkte sich.

»Sue, drei Monde. Nur noch drei Monde und Sie werden es unter Ihrem Herzen tragen. Ich sehe es genau.«

Sue erschrak bei dieser Aussage und zog ihre Hand ruckartig weg. Es fühlte sich an, als hätte sie eine magische Bindung gekappt. Als sie auf ihre Handfläche heruntersah, floss Blut aus ihrem Zeigefinger. Die Dame hatte die ganze Zeit ein Amulett in den Händen gehabt.

»Mein Blut und Ihr Blut fließen nun durch diesen Stein. Hier, meine Liebe.«

Lächelnd drückte Maggie Sue das Amulett in die Hand. Dabei fiel Sue auf, dass auch Maggies Finger blutete. Das Amulett war aus Holz, rund, leichter als es aussah und passte genau in ihre Handfläche. Das dunkle Holz war weich und umfasste einen violetten Stein. An das Lederband, mit dem man sich das Amulett um den Hals binden konnte, war außerdem eine kleine, weiße Feder geknüpft. Sue betrachtete den Stein genauer und hätte schwören können, in einen kleinen Sternenhimmel hineinzuschauen, der sich im Inneren des Steines bewegte.

»Es gehört Ihnen, es beschützt Sie und erfüllt Ihre tiefsten Träume. Aber wünschen Sie sich nur Gutes, meine liebe Sue. Träumen Sie Ihre Träume und sie werden wahr. Geben Sie acht darauf. Es darf nie in falsche Hände geraten. Und ganz wichtig, Susan Dunlevy, ganz wichtig: Geben Sie es später ihrem Sohn weiter. Vergessen Sie diese Worte nicht. Es ist nur für Sie bestimmt.«

Sue konnte Ihren Blick nicht vom Amulett lösen.

»Und noch etwas. Nehmen Sie sich vor Victor Crawford in Acht. Ich sehe Schmerz, Leid. Er ist nicht gut für Sie. Wenn Ihr sehnlichster Wunsch ein Baby ist, müssen sich die Wege zwischen Victor und Ihnen trennen.«

»Wie soll ich das …?« Als Sue ihren Blick erhob, war Maggie verschwunden. Das Amulett in ihrer Hand funkelte im Kerzenschein. Da stand sie nun alleine im Zelt und wusste nicht, was sie mit diesen Informationen anstellen sollte. Da die Hellseherin kein Geld verlangt hatte, legte Sue ein paar Dollarscheine auf den Tisch und ging verwirrt aus dem Zelt.

… *Ihrem Sohn,* hallten die Worte der Hellseherin in ihrem Kopf. *Geben Sie es Ihrem Sohn weiter.*

14.

1 Jahr später, Decatur, Alabama
1989

Sue versuchte sich gerade ihre Schuhe zuzubinden, was zwei Wochen vor Geburtstermin nicht unbedingt die einfachste Aufgabe war.

»Greg, wann kommst du heute nach Hause?«

»So etwa um sieben. Aber du weißt ja, wo du mich erreichen kannst, falls unser Kleiner sich den heutigen Tag ausgesucht hat.«

Nur mit einem Handtuch um die Hüfte bekleidet, kam Greg aus dem Bad und kniete sich vor seine Frau hin, um ihr zu helfen.

»Oh, danke Schatz. Mir wäre jeder Tag recht, an dem sich unsere Prinzessin entscheiden würde, früher zu kommen.«

Er lächelte sie von unten an.

»Es wird ein Junge, ich fühle es. Nicht wahr, Kleiner?«

Greg strich seiner Frau sanft über den Bauch.

»So, ich muss mich anziehen. Kann ich dir etwas mitbringen?«

Sue überlegte kurz.

»Vielleicht noch etwas Milch. Aber sonst haben wir alles.«

Als Sue Greg beim Wegfahren zum Abschied winkte, dachte sie daran, wie viel Glück sie mit ihm hatte. Zurück im Hausflur erblickte sie das eingerahmte Foto, das auf der Kommode stand. Greg und sie standen vor der Kirche, in der kurz vorher ihre Trauung stattgefunden hatte, und lächelten glücklich in die Kamera. Gedankenversunken ergriff sie das Bild und strich mit der Fingerkuppe darüber. Sie erwartete ein Kind von einem angesehenen und noch dazu sehr gutaussehenden Arzt. Das Schicksal meinte es gut mit ihr. Kurz dachte sie an die Hellseherin Maggie und an ihre Worte, während sie über ihren Bauch streichelte. Sie hatte damals Recht gehabt, was Vic anging. Aber ohne Vic hätte sie damals Greg nicht kennengelernt.

Nach dem Besuch auf dem Jahrmarkt war nicht viel Zeit verstrichen, bevor Vic sein wahres Gesicht zeigte. Dass er ein eifersüchtiger Mann war, hatte Sue schon immer gewusst, jedoch fing er an, gewalttätig zu werden. Eines Tages war einer seiner Wutanfälle so schlimm ausgeartet, dass Sue mit einem blauen Auge und einer gebroche-

nen Rippe im Krankenhaus landete. Dr. Gregory O'Brian war ihr behandelnder Arzt und als sie zu ihrer Nachuntersuchung antrat, fragte er sie einfach unverblümt um ein Date. Und nur ein paar Wochen später quälte sie die morgendliche Übelkeit. Es war ein medizinisches Wunder, denn davor war in all ihren ärztlichen Untersuchungen festgestellt worden, dass sie eigentlich gar keine Kinder bekommen konnte. Sue dachte einige Male an Maggie und ihr Amulett. Ob es ihr da wohl geholfen hatte? Doch dafür war sie zu wenig abergläubisch und schüttelte den Gedanken meist wieder ab. Greg freute sich zu ihrer Überraschung sehr über die Nachricht ihrer Schwangerschaft und hielt gleich um Sues Hand an. Er kaufte für sie beide ein kleines, aber hübsches Einfamilienhaus in der Nähe ihrer Eltern.
Nichts konnte ihrem Familienglück mehr im Wege stehen. Dachte sich Sue jedenfalls bis zu diesem Morgen.

Das eindringliche Klopfen an der Haustür riss sie aus ihren Gedanken.
»Sue, Süße! Bist du da? Ich weiß, dass du da bist. Bitte, mach die Tür auf!«
Sue erschrak und stellte das Bild zurück auf die Kommode. Das war Victors Stimme. Es widerstrebte ihr, die Türe zu öffnen.
»Vic, was willst du hier?«, fragte sie, ohne sich einen Schritt zu bewegen.

»Sue, ich möchte nur mit dir reden. Mach die verdammte Tür auf.«

Sie bewegte sich langsam durch den Flur Richtung Tür und legte die Hand auf den Knauf. Sie fühlte, wie ihr Puls anstieg.

»Kann ich reinkommen?«

Sie würde die Tür ganz bestimmt nicht öffnen Bei der Vorstellung, ihn in ihrem Haus zu haben, schlug ihr Herz bis zum Hals.

»Was willst du, Vic?«

»Komm schon, Kleine. Nur paar Minuten.«

Sie griff zittrig nach dem Schlüssel, der an der Wand rechts von ihr an einem Haken hing, um die Tür abzuschließen. Doch noch bevor sie den Schlüssel ins Schlüsselloch stecken konnte, öffnete sich die Tür und Vic trat einfach ein. Sie fuhr zusammen und taumelte einige Schritte rückwärts. Er musterte ihren dicken Bauch.

»Lange nicht gesehen, Süße. Wie geht es dir?«

»Gut. Vic, was willst du hier? Kannst du mich nicht einfach in Ruhe lassen?«

Sie bemerkte an seiner Stimme, dass er nicht mehr ganz nüchtern war.

»Ich vermisse dich, Sue. Bitte, gib uns noch eine Chance. Dir, mir und dem Baby. Bitte.«

»Was redest du da, Vic? Du bist betrunken.«

Vic wollte sie an der Schulter anfassen, doch Sue wich einen Schritt zurück.

»Ich weiß, dass es unser Kind ist. Bitte, ich werde ein guter Vater sein. Komm schon. Dieser Gregory ist nichts für dich. Wir sind füreinander bestimmt.«

Sue sah ihn fassungslos an.

»Vic, du bist verrückt. Greg ist der Vater des Kindes, nicht du. Und jetzt geh bitte wieder.«

Sie wies auf die Tür, um ihm klar zu machen, dass sie es ernst meinte, aber er bewegte sich nicht.

»Wie du meinst. Aber du weißt, dass ich recht habe. Es ist mein Kind, und ich werde es dir beweisen.«

Mit einem Satz stand er auf der Treppe zum oberen Stock des Hauses.

»Vic, was machst du da? Bitte geh.«

»Ich werde nicht gehen. Ich werde einen Beweis finden.«

Er nahm zwei Stufen auf einmal und verschwand in Gregs und ihrem Schlafzimmer. Sie ging ihm bestürzt hinterher und fand ihn auf ihrem Ehebett liegend wieder.

»Du machst dich lächerlich. Verlasse jetzt sofort mein Haus!«

Er lächelte sie hämisch an. Sein Blick blitzte und wanderte an ihrem Körper rauf und runter.

»Komm zu mir ins Bett, Süße«, sagte er und klopfte mit der Hand neben sich auf das Bett.

»Nein, das werde ich nicht. Wenn du jetzt nicht gehst, rufe ich die Polizei.«

Er stand auf und lief auf sie zu.

»Was denkst du eigentlich, wer du bist, he? Nur weil du jetzt einen Arzt geheiratet hast und in diesem Haus wohnst, kannst Du mich rumkommandieren? Du kleine, dreckige Schlampe! Was hat er, was ich nicht habe? Sag schon. Ein solches Haus kann ich dir auch kaufen. Ich könnte gut für dich und das Baby sorgen. Verdammter Mist! Wie konntest Du mich einfach verlassen!«

Er ging um das Bett herum, griff nach der Lampe auf dem Nachttisch und warf sie quer durch das Zimmer. Sue zuckte zusammen und hielt reflexartig die Hände vor ihren Bauch.

»Du Drecksstück – hast dich für den Falschen entschieden.«

»Vic, hör auf damit! Du machst mir Angst!«

»Ach ja? Wie ist es damit?«

Er packte die oberste Schublade des Nachttisches und schüttelte den Inhalt auf das Bett.

»Was haben wir da? Ein Buch. Scheiße. Handcreme, wie edel. Scheiße!«

Alles, was er in die Finger bekam, warf er in hohem Bogen durch den Raum. Das Zimmer sah innert kürzester Zeit aus, als hätte eine Bombe eingeschlagen.

»Verdammter Mist!«, fluchte er und leckte sich die Handfläche ab. »Hab mich an deiner verschissenen Nagelfeile geschnitten!«

Die Feile kam ohne Vorwarnung auf Sue zugeflogen, aber sie konnte sich noch gerade ducken.

»Weißt du, Sue, allmählich bin ich froh, dass ich mich nicht länger mit dir rumschlagen muss. Du bist eine Scheißhure.«

114

Sues Gedanken rasten. Wie sollte sie die Situation in den Griff bekommen? Das Telefon war im unteren Stockwerk, aber bis sie dort ankam, würde er ihr schon lange gefolgt sein. Sie war in ihrem Umstand nicht mehr die Schnellste. Sie musste versuchen, ihn zu besänftigen.

»Vic, bitte lass uns in aller Ruhe darüber reden.«

»Reden? Ah, jetzt willst du reden? Als ich dich damals im Krankenhaus besuchen wollte, hat dein Vater gesagt, ich soll mich zum Teufel scheren, du wolltest mich nie wiedersehen, und seither versuche ich Kontakt aufzunehmen. Vergebens!«

»Vic, bitte.«

Er setzte sich auf das Bett und kramte fahrig in den Sachen, die er darauf verteilt hatte.

»Was haben wir denn da? Ist das nicht dieses Scheißteil von dieser Jahrmarkttante? Ja genau, das hast du von dieser Hellseherin, nicht wahr?«

»Gib mir das bitte zurück.«

Vic spielte mit dem holzigen Amulett in seiner Hand herum.

»Ja, seit diesem Jahrmarkt hast du dich langsam von mir abgewendet, nicht? Was hat dir diese verfluchte Tante eigentlich erzählt, he? Du sollst mich verlassen?«

Sue trat neben ihn und wollte ihm das Amulett entreißen, doch Vic sprang auf und ging zur Zimmertür.

»Ne, das geb' ich dir nicht zurück. Ist dir wohl wichtig, dieses Teil. Dummes Gefühl, nicht? Etwas zu wollen und es nicht zu kriegen. Nein, das gehört jetzt mir. Schließlich ist das Stück schuld an dieser ganzen verfluchten Scheiße!«

Er warf das Amulett von der einen zur anderen Hand und spielte vor, es versehentlich fallen zu lassen.

»Uh, fast wäre es kaputtgegangen.«

Vic trat neben sie und streichelte ihr über die Backe. Ein kalter Schauer lief ihr durch den ganzen Körper. Dieser psychopathische Blick, Vic musste verrückt geworden sein. Er ließ das Amulett in seiner Hosentasche verschwinden und lief die Treppe hinunter. Sie blieb wie erstarrt oben an der Treppe stehen. Bevor er zur Haustür hinausging, rief er ihr noch zu: »Grüß Greg schön von mir.«

»Vic, warte!«

Aber es war zu spät.

Die Worte von Maggie hallten ihr im Ohr …

Geben Sie acht darauf. Es darf nie in falsche Hände geraten. Geben Sie es später Ihrem Sohn. Vergessen Sie meine Worte nicht!

15.

Decatur, Alabama, selber Tag, abends,
1989

Sue nahm das Telefon nach dem dritten Klingeln ab.

»Ja, hallo?«

»Hey, meine Schöne.«

Sie wusste gleich, was das zu bedeuten hatte.

»Hey Greg. Du kommst nicht nach Hause, stimmt's?« Greg seufzte am anderen Ende der Leitung, bevor er weitersprach.

»Es gab einen heftigen Autounfall. Ich muss also noch länger arbeiten. Bei dir alles in Ordnung?« Sie dachte an die Begegnung mit Vic und das noch nicht ganz fertig aufgeräumte Schlafzimmer.

»Alles bestens. Ich bin ziemlich müde und werde wohl bald ins Bett gehen. Ich liebe dich.«

»Ich liebe dich auch. Bis später.«

Nachdem sie aufgelegt hatte, ging sie nach oben, um den Vorfall mit Vic aus dem Schlafzimmer und aus ihren Gedanken zu verbannen. Sie stellte alles wieder an seinen Platz und räumte die Nachttischschublade ein. Die Lampe war leider unwiderruflich kaputt. Sie musste wohl oder übel ersetzt werden. Als sie fertig war, gönnte sie sich eine heiße Dusche und schlüpfte in ihren Lieblingspyjama. Im warmen Bett eingekuschelt, fand sie ziemlich rasch den Schlaf.

Sie bemerkte nicht, wie sich das Schlafzimmerfenster langsam öffnete. Victor schlich geräuschlos an ihr vorbei, setzte sich in der Dunkelheit auf den senfgelben Sessel in der Ecke des Zimmers und beobachtete, wie sie schlief. In der Hand hielt er das Amulett fest umklammert, so stark, dass seine Knöchel weiß anliefen. Es schimmerte, glühte violett im Mondlicht und Vic kippte es hin und her, fasziniert durch den Anblick. All seine Sinne kreisten um Sue. Ihr zartes Gesicht, ihre blauen Augen, ihre braunen, dicken Haare, die sich bei feuchtem Wetter kräuselten. Er schweifte langsam davon und fand sich in Gedanken auf einmal in einem Krankenhausflur wieder. Er schlich durch die Gänge und traf auf Ärzte, Patienten und Besucher, die seinen Weg kreuzten. Plötzlich sah er vor sich Sue und Greg, Hand in Hand. Greg in seinem Ärztekittel, Mister Großkotz persönlich. Sue in einem hellblauen Kleid, das ihr bis zu den Knien reichte. Gott, war sie schön. Sie wirkten so glücklich miteinander. Sue lächelte ihn an und schaute nach unten in einen ... in einen Babywagen. Dieser Anblick widerte ihn an. Dieses Baby. Das war sein Baby! Es war seine Sue.

Erschrocken öffnete er die Augen und blickte zum Bett hinüber. Sue schlief immer noch friedlich und murmelte etwas im Schlaf. Hörte er etwa das Wort »Baby«? Er drehte das Amulett in der Hand und tauchte zurück in seinen Wachtraum. Sue lächelte ihn an, löste sich von Greg und kam den Flur entlang auf ihn zu. Sie streckte ihm zur Begrüßung die Hand entgegen. Das war doch alles surreal und lächerlich. Wieso tat sie, als sei nichts geschehen? Seine Wut quoll ins Unermessliche. Er wollte dem Ganzen einfach nur ein Ende setzen. Zuzusehen, wie Sue das perfekte Familienleben führte, konnte er nicht mehr ertragen. Wie von Sinnen griff er in seine Jackentasche, zog etwas überrascht eine Beretta 9mm hervor und zielte auf Sues Brust. Wie aus weiter Ferne hörte er ihre Stimme.

»Nein, Vic, nicht, bitte. Tu das nicht.«

Ohne eine Sekunde zu zögern, drückte er ab. Der Schuss löste sich und traf sie mitten durch das Herz. Sue taumelte ein paar Schritte nach hinten. Greg fing sie in letzter Sekunde auf und legte sie sanft auf den Boden. Er versuchte, die Blutung irgendwie zu stoppen, doch das Blut floss in Strömen aus der Wunde. Sie japste und gluckste und ihre Augen weiteten sich vor Schmerz. Victor ließ die Waffe sinken und sah genüsslich zu, wie das Leben aus ihr wich.

Als er die Augen langsam wieder öffnete, war es seltsam still im Schlafzimmer. Er stand auf, schlich zum Bett hinüber und bückte sich zu ihr herunter, ganz leise, um sie nicht aufzuwecken. Sie atmete nicht mehr. Er tastete am Hals nach ihrem Puls.

Kein Herzschlag.

Er trat erschrocken einen Schritt zurück.

»Was, wie …?«

War sie etwa tot? Nein, das konnte nicht sein. Ein kleiner Atemaussetzer vielleicht. Vic trat nochmals sachte zum Bett und hielt seine Hand vor ihre Nase und Mund um zu prüfen, wie der Atem daraus wich. Doch kein Atemzug.

Nichts.

Völlig außer sich rannte er die Treppe hinunter und stürzte zum Telefon im Wohnzimmer, um den Notruf zu wählen. Er stotterte nur das Nötigste in den Hörer.

»Nein, sie atmet nicht mehr! Nein, auch kein Herzschlag zu spüren! Sie liegt in ihrem Bett. Kommen Sie bitte so schnell wie möglich!«

»Wie ist ihr Name, Sir?«

Vic legte sofort auf, bevor die Dame des Notrufes noch mehr Fragen stellen konnte. Hatte er die Adresse genannt? Ja, hatte er.

Er stieg nochmals die Treppe hinauf und erlaubte sich noch einen letzten Blick auf Sue. Sie lag da wie Dornröschen. Er strich ihr über ihre blasse, weiche Backe.

»Wie schön du bist, meine Liebe. Du wirst wieder gesund, du wirst schon sehen. Und unser Baby auch. Sie werden gleich da sein.«

Vic bemerkte, dass er noch immer das Amulett fest umschlossen hielt. Er drehte es in seiner Hand hin und her und blickte es entgeistert an. Hatte er etwa …? Nein, das war nicht möglich. Er hatte doch nur ein bisschen geträumt. Plötzlich wurde ihm das Ding in seiner Hand unheimlich. Er schmiss es vor sich auf den Boden und trat mit seinem Schuh fest darauf, als wäre es ein Insekt, das am Boden herumkrabbelte. Der Stein zerbarst in zwei Stücke. Er hätte schwören können, dass das Ding für einen kurzen Moment aufleuchtete. Fasziniert, aber vorsichtig, nahm er die zwei Teile vom Boden und versuchte sie wieder aneinander zu legen. Das Amulett war genau in der Mitte in zwei Teile gespalten. Als er von Weitem die Sirenen des Krankenwagens jaulen hörte, traten Schweißperlen auf seine Stirn. Er musste hier sofort verschwinden! Gedankenverloren legte er ein Stück des Amuletts in Sue's Handfläche, schloss ihre Hand ganz liebevoll und gab ihr einen zärtlichen Kuss auf die Backe. Das andere Stück ließ er wieder zurück in seine Hosentasche fallen.

»Wir werden immer vereint sein, meine süße Sue.«

Darauf kletterte er wieder nach draußen und verschwand in den Büschen.

16.

Decatur, Alabama, selbe Nacht
1989

*D*r. Gilmore stand vor dem Babybettchen, während er in seinem Ärztekittel nach einem Stift suchte, um etwas in der Akte des Neugeborenen zu ergänzen.

»Du hast deinen Sohn gerettet, Greg«, brummelte er in seinen weißen Bart. »Es war knapp, aber er wird es überstehen.«

Als er den Stift endlich in seiner Hosen- statt Kitteltasche entdeckte, kritzelte er etwas Unleserliches in die Mappe des kleinen Wonneproppens.

»Danke, Joe«, war das Einzige, was Greg herauswürgen konnte, bevor ihm wieder Tränen in die Augen stiegen.

»Es tut mir furchtbar leid, das mit deiner Frau. Ich hoffe, du wirst dich am Gedanken festhalten können, nicht beide verloren zu haben.«

Während Dr. Gilmore sprach, berührte er Greg tröstend an der Schulter und lenkte ihn sanft Richtung Tür. Sie verließen gemeinsam die Neugeborenenstation und gingen noch ein Stück den Flur entlang.

»Wir werden den Jungen noch ein paar Tage zur Beobachtung dabehalten. Es war keine einfache Geburt. Aber du kannst ihn jederzeit besuchen kommen. Tag und Nacht. In Ordnung?«

Greg wischte sich eine herunterkullernde Träne von der Backe.

»Okay, danke für alles und halt mich auf dem Laufenden.«

»Klar doch.«

Sie verabschiedeten sich und Greg ging weiter zum Wartebereich, zurück zu seinen Schwiegereltern. Sie tauschten ein paar Worte und Greg klärte sie über den Zustand des Babys auf, als die Krankenhaustür aufging und Victor hereintrat. Was wollte der denn mitten in der Nacht hier? Greg war zu müde und zu traurig für eine Auseinandersetzung mit dem Kerl. Er entschuldigte sich bei seinen Schwiegereltern für einen Moment und ging auf Victor zu.

Vic wartete nicht, bis Greg ihm die Hand reichen konnte.

»Wie geht es Sue?«

»Was machst du hier?«

»Ich habe das von Sue gehört. Wie geht es ihr?«

Wie zum Teufel hat er schon davon erfahren?, dachte Greg, war aber zu erschöpft, um es auszusprechen.

»Victor …« Greg spürte, wie sich seine Augen wieder mit Tränen zu füllen drohten.

»Sue ist … sie ist tot.«

Vic taumelte einen Schritt zurück.

»Mein Gott … Und das Baby?«

Greg starrte Victor fassungslos an. Wieso wollte er nicht wissen, was mit Sue geschehen war? Wobei er selbst keine Erklärung dafür fand. *Ein Herzstillstand im Schlaf.* In ihrem Alter. Jung, fit und dauernd in ärztlicher Kontrolle aufgrund der Schwangerschaft. Wie konnte das nur geschehen? Seine Sue, seine wunderbare, geliebte Sue. Und wie hatte Vic davon erfahren? Durch einen Nachbarn? Durch die Schwiegereltern? Hatten die ihn etwa angerufen? Dieser Freak war unberechenbar, um nicht zu sagen furchteinflößend.

Gregs Gedanken kreisten. Es wollte diesen Typen aus seinem Leben haben. Die Verbindung ein für alle Mal kappen. Seit er Sue kennengelernt hatte, klebte dieser Vic wie ein angebrannter Vogeldreck an der Windschutzscheibe ihrer Beziehung. Kaum hatten sie ein paar Wochen Ruhe, tauchte er wieder auf und machte Sue und ihn verrückt, stalkte sie, klingelte an der Tür, rief mitten in der Nacht an. Und das Beste war, er behauptete in aller Öffentlichkeit, dass das Baby

von ihm sei. Das musste verdammt nochmal aufhören. Er hatte in dieser Nacht seine Frau verloren, er wollte nicht auch noch seinen Verstand
verlieren. Und auch sein Sohn würde nicht mehr
unter Vic leiden. Dafür würde er selbst sorgen,
egal, was es kostete. Er konnte sich nach dieser
Nacht nicht vorstellen, sein Kind alleine aufzu-
ziehen, wollte seinen Sohn aber in Sicherheit
wissen. Er ließ seinen Blick zu seinen Schwiegereltern wandern, um sich zu vergewissern, dass
diese ihr Gespräch nicht mithören konnten.
Er schluckte schwer, bevor er sprach.
»Das Baby ... hat es nicht überstanden. Es ist
ebenfalls gestorben.«
Vics Augen weiteten sich.
»Oh. Oh, das ... Scheiße!«
Er griff sich mit beiden Händen in die Haare als
würde er sie sich gleich ausrupfen und stampf-
te mit seinem rechten Fuß auf den Boden. Vic
verhielt sich wie ein Irrer. Greg hätte schwören
können, einen schuldigen Blick erhascht zu haben, aber er hatte keine Lust und vor allem keine
Kraft mehr, weiter mit diesem Psychopathen zu
reden, und entschied sich, das Gespräch zu beenden.
»Vic, du entschuldigst mich, ich habe noch einige
Formulare auszufüllen, du verstehst?«
Vic schluckte und versuchte ein Abschiedswort
zu stammeln, jedoch erfolglos. Greg nickte ihm
zu und machte auf dem Absatz kehrt, froh dar-

über, dass Victor diesmal die Worte im Hals steckengeblieben waren.

Greg ging an seinen Schwiegereltern vorbei Richtung Empfang. Milly, die junge Empfangsdame, saß an ihrem Arbeitsplatz und versuchte die nächtliche Langeweile zu überstehen. Sie war nicht unbedingt die hellste Kerze in diesen Gemäuern, aber auf sie war Verlass. Ihr Aussehen war ihr wichtiger als ihre Fortbildung. Auch die Ärzte und Patienten hatten Freude an ihrem Anblick. Sie war immer für ein Schwätzchen zu haben und manchmal auch einen kleinen Flirt.

Als sie Greg kommen sah, versteckte sie ihre »VOGUE« unter einem Berg voller Akten und stand sofort auf.

»Hey, Dr. O'Brian. Es tut mir so unendlich leid, das mit Ihrer Frau. Wenn ich irgendetwas für Sie tun kann …«

»Danke, Milly, das könnten Sie sogar«, schnitt Greg ihr ins Wort. »Können Sie mir die beste Adoptionsagentur von Decatur ans Telefon holen?«

Milly sah ihn etwas verdutzt an.

»Aber, Dr. O'Brian, es ist mitten in der Nacht. Ich denke nicht, dass ich da jemanden erreiche.«

»Ach so. Stimmt ja. Ich bin etwas durcheinander, tut mir leid.«

»Macht doch nichts.« Milly lächelte ihn verständnisvoll an. Ihre weißen Zähne strahlten so hell, als hätte jemand eine Taschenlampe angezündet.

»Dann könnten Sie mir vielleicht bis Morgen eine Agentur ausfindig machen und dort anfragen, ob es möglich ist, ein Baby so rasch wie möglich zur Adoption freizugeben? Wichtig ist, so weit weg wie möglich eine Familie zu finden. Nicht in dieser Stadt, noch besser, nicht in diesem Bundesstaat. Es betrifft die Sicherheit des Neugeborenen. Haben Sie das verstanden?«

»Ja, Doc, ich denke schon.«

Milly kritzelte alles auf ihren rosaroten Notizblock, damit sie nichts vergaß.

»Darf ich bei der Agentur einen Namen der Eltern und des Babys angeben?«

Greg musste das erste Mal in dieser Nacht etwas schmunzeln, Milly war wirklich nicht die Hellste im Köpfchen.

»Gregory O'Brian ... und Clark.«

17.

C.J. lag schon eine Weile wach im Bett und starrte an die Decke. Grace ging ihm nicht aus dem Kopf. Er war am Zug, etwas zu tun. Doch was?

Schließlich wälzte er sich aus dem Bett und griff zu seinem Smartphone. Es war erst sieben Uhr früh, doch er konnte nicht warten und wählte die Nummer seines Freundes.

»Was um Himmels Willen ist los? Es ist noch mitten in der Nacht!«, krächzte Jase in das Telefon.

»Hey alter Knabe, spät geworden gestern?«

»Hey C.J. Du bist ein mieser Scheißkerl. Falls es kein Notfall ist, dann lass mich weiterschlafen.«

»Hör zu, wollte dich nur kurz informieren, dass wir beide heute Abend ins Seventy Nine gehen, alles klar?«

C.J. hörte wie Jase sich im Bett umdrehte.

»Klar Mann, bin dabei. Aber dieses Mal organisierst du den Eintritt. Hast ja schließlich Connections. Ich hol dich ab. Und jetzt lass mich schlafen, Alter.«

Danach hörte C.J. nur noch das Besetztzeichen. Jase hatte einfach aufgelegt.

Als sie sich abends vor dem Eingang in die Schlange eingegliedert hatten, um in den Club zu gelangen, bemerkte C.J., wie sich sein Puls langsam steigerte. Er war wirklich nervös, Grace wieder zu treffen.

»Hast du uns in die Gästeliste eintragen lassen?«, fragte ihn Jase von der Seite.

»Eh, nein, aber ich denke, wir kommen schon rein.«

»Echt jetzt? Was willst du denn machen? Sagen, dass du eine kennst?«

C.J. blickte Jase an und war plötzlich selber nicht mehr von seinem Plan überzeugt.

»Ja, so in etwa habe ich mir das vorgestellt.«

Jase verdrehte die Augen.

»Da bin ich ja gespannt, Alter.«

An der Reihe standen die zwei Türsteher wie Säulen vor ihnen und musterten sie von oben bis unten.

»Name?«, fragte der eine, während der andere in der Liste herumblätterte.

»Wir sind für heute nicht auf der Liste. Aber, ehm ... Bruce, richtig? Könntest du Grace Bennett mitteilen, dass C.J. und Jase hier sind?«

Der Hüne starrte ihn eindringlich an.

»Woher ...?«

»Grace hat mir von euch erzählt«, sagte C.J. wie aus der Kanone geschossen.

»Du bist Roy, nicht wahr?« Er tippte der anderen Säule auf die Schulter.

Die Säule musterte ihn düster und nahm das Walkie-Talkie aus seinem Gürtel.

»Grace, Kleine, da sind zwei Typen, die behaupten, dich, uns, wie auch immer, zu kennen. C.J und ...« Roy lauschte kurz ins Gerät. Mit einer Handbewegung gab er ihnen die Bestätigung, passieren zu können. Die Säulen bewegten sich auf die Seite und der Weg zum Eingang war frei. Jase blickte C.J. fassungslos an und haute ihm mit seiner Faust auf die Schulter.

»Alter, das war sowas von geil.«

Die Blicke von Bruce und Roy im Rücken, tauchten sie in die lauten Bassklänge ein.

Ohne auch nur eine Sekunde zu verschwenden, steuerte C.J. direkt auf die Bar zu, an der er Grace vermutete. Doch er traf nur auf ihren Kollegen. Jase folgte ihm.

»Hey Jungs, was kann ich euch anbieten?«, fragte Sully freundlich.

»Zwei Bier, bitte«, kam ihm Jase zuvor.

»Ist Grace auch hier?«, fragte C.J. den Barkeeper unverblümt. Sully schaute C.J. genauer an, danach formten sich seine Lippen zu einem Lächeln.

»Hey, dich kenne ich. Du warst doch letztens

schon hier, nicht? Ja, sie ist gerade an der oberen Bar. Sie kommt bestimmt bald nach unten.«

Jase schnappte sich sein Bier von der Theke und klopfte C.J. auf die Schulter.

»Diese Runde geht auf dich. Ich geh mal 'ne Weile auf Bräutejagd. Wir sehen uns.«

Damit verschwand Jase in der Menschenmenge.

»Für mich noch einen Whisky, bitte«, brummte ein älterer, offensichtlich angesäuselter Mann, der neben C.J. auf einem Barhocker saß. Der Mann drehte sich zu ihm um und beäugte C.J. eine Spur zu lange.

»Sie kennen Grace also auch?«

»Ja, das tue ich.«

Da hörten sie Sully in das Walkie-Talkie sprechen: »Hey Grace, Schätzchen, deine Fangemeinde ist versammelt. Du solltest dich mal in der unteren Bar blicken lassen.«

C.J. fühlte sich ein wenig unwohl. Wer war wohl dieser Kerl? Ihr Vater konnte es unmöglich sein. Ihre Familiengeschichte kannte er ja mittlerweile ein wenig. Ein Stammgast, der ein Auge auf Grace geworfen hatte?

»Ihr Whisky, Doc.«

Sully unterbrach C.J.s Gedankengänge. Hatte er den Mann gerade Doc genannt?

Hinter Ihnen erklang eine vertraute Frauenstimme.

»Ah, wow. Das nenne ich eine Überraschung. Hey, Dr. Crawford. Schön, dass Sie gekommen sind. Ich hoffe, Sie fühlen sich wohl bei uns.«

»Immer, Miss Bennett. Guten Abend. Sie machen diesen Club zu dem, was er ist. Ein Ort, um den Alltag zu vergessen. Aber wie ich sehe, bin ich wohl nicht der Einzige, der ihretwegen den Weg auf sich genommen hat.«

Der Doc zeigte mit seiner Hand auf C.J. Grace blickte zu ihm auf und er bekam sogleich weiche Knie. Er bemerkte erst jetzt, welche Gefühle sie in ihm weckte. Grace trat zwischen den beiden Männern an die Bar.

»Hey«, war alles, was er herausbrachte.

»Hey«, erwiderte Grace lächelnd.

»Sie kennen sich bereits?«, fragte sie die beiden Männer.

»Nicht wirklich. Wir sind nur zur Erkenntnis gekommen, dass wir beide auf dieselbe entzückende Dame warten«, schmunzelte Dr. Crawford.

»Ach, wenn das so ist«, lächelte Grace etwas angestrengt, »Dr. Crawford, das ist C.J. Nolan. C.J., Dr. Crawford. Ich bin bei ihm in Behandlung wegen meiner ... Schlafprobleme.«

C.J. hätte schwören können, dass Dr. Crawfords Augen kurz aufgeblitzt hatten.

»Sehr erfreut, Mister Nolan.«

»Ebenfalls, Dr. Crawford.«

»Dr. Crawford, kann ich Ihnen noch was zu trinken bringen?«, fragte Grace.

Der Doc wippte sein Whiskyglas. »Ich bin noch bestens versorgt. Danke.«

Er nahm einen kleinen Schluck von seinem Cragganmore.

»Miss Bennett, ich habe mir noch einige Gedanken über unser Gespräch gemacht und ich bin zu dem Entschluss gekommen, dass wir uns häufiger treffen sollten. Vor allem sollten Sie einen besseren Schlafrhythmus finden. Was denken Sie, wann werden Sie heute ins Bett gehen?«

Graces Augen weiteten sich vor Erstaunen. Sie sah C.J. peinlich berührt an, bevor sie sich zum wankenden Doc umdrehte.

»Dr. Crawford, bei allem Respekt. Ich möchte nicht unbedingt hier und jetzt über meine privaten Angelegenheiten reden. Ich hoffe, Sie verstehen das. Wir haben einen Folgetermin vereinbart. Haben Sie das etwa vergessen?«

Sie sah zu, wie er sein Whiskyglas in einem Zug austrank.

»Dr. Crawford, soll ich Ihnen ein Taxi bestellen?«

»Sie arbeiten heute solange, bis der Laden schließt, nehme ich an?«

»Ja, das tue ich jeden Abend. Solange der Besitzer nicht da ist. Ich bestelle Ihnen das Taxi, in Ordnung?«

»Wie Sie meinen, meine Liebe.«

C.J. verfolgte die Szene sprachlos. Grace konnte gut mit Betrunkenen umgehen, das war wohl auch nicht das erste Mal für sie. Für einen Moment herrschte ein unangenehmes Schweigen zwischen den dreien, das glücklicherweise durch

Sully unterbrochen wurde.

»Grace, kann ich dich kurz unter vier Augen sprechen?«

»Klar! Ich bin gleich wieder bei euch.«

Grace ging zu Sully hinter die Theke.

»Was ist?«

»Grace, ich weiß nicht, wie er reingekommen ist, aber dein Ex ist schon wieder im Club.«

»Evan? Aber wie …?« Grace strich sich durch die Haare. Wie war er in den Club gelangt? Sie hatte doch Roy und Bruce ausdrücklich gesagt, dass Evan der Zutritt untersagt war.

»Schätzchen, willst du ihn rausschmeißen?« Grace dachte kurz nach.

»Nein. Ich kann keinen Tumult veranlassen, ohne wirklichen Grund. Das schadet nur dem Image. Solange er sich still verhält, lassen wir ihn. Aber bitte, behaltet ihn im Auge.«

»Wen im Auge behalten?«

Seine großen, prankigen Hände auf die Theke gestützt, stand der Sunnyboy auch schon da. Braungebrannt, wie es nur ein Solarium schaffen konnte.

»Evan. Du kannst es einfach nicht lassen, nicht wahr?«

Er bückte sich nach vorne und setzte das Lächeln auf, das Grace früher mal als so charmant empfunden hatte.

»Grace, ich bitte dich. Ich will nur mit dir reden.

Wieso kannst du das nicht einfach verstehen? Ich vermisse dich.«

Sully blickte verwirrt zwischen Grace und Evan hin und her.

»Okay, Evan, wir reden. Komm mit nach hinten. Sully?« Grace drehte sich zu Sully um, damit Evan sie nicht hören konnte. »Kannst du Rod und Stew kurz Bescheid geben, dass sie in die Nähe von meinem Büro kommen sollen?«

»Schätzchen, willst du das wirklich? Ich meine, wir können ihn auch einfach vor die Türe stellen«

Grace seufzte.

»Ich will das endlich klären und ein für alle Mal aus der Welt schaffen. Verstehst du? Und so wie's aussieht, wird er erst Ruhe geben, wenn ich mit ihm rede.«

»Wie du meinst, Boss.«

»Ach, und noch etwas, bitte bestelle dem Doc ein Taxi.«

»Wird gemacht.«

Grace ging Richtung Büro, gefolgt von Evan. Sie erlaubte sich noch einen Blick zur Bar, zu C.J., der sie verwundert ansah.

Als Sully neben C.J. vorbeihuschen wollte, packte dieser ihn am Arm.

»Hey, was läuft da hinten im Büro? Ist das nicht der Typ, der Grace das letzte Mal bedroht hat?«

»Eh, ich denke, das sollte dir Grace selber erzählen. Ich kümmere mich gerade um die Sicherheit. Keine Sorge.«

C.J. bemerkte Sullys Beklommenheit, was ihm nicht unbedingt gefiel.

»Klingt, als wäre da noch ein anderer im Spiel«, brummte der Doc neben ihm.

C.J. musterte Dr. Crawford nachdenklich. Wie konnte Grace nur zu einem solchen Trunkenbold in die Praxis gehen. Er war froh, als Bruce neben ihnen zum Stehen kam und dem Doc das Zeichen gab, dass sein Taxi draußen wartete.

»Hat mich sehr gefreut, Mister Nolan. Wir sehen uns.«

»Auf Wiedersehen, Dr. Crawford. Kommen Sie gut nach Hause.«

Als der Doc aus dem Club verschwunden war, wanderte C.J.s Blick wieder zu Graces Bürotür. Eine Prise Eifersucht mischte sich in seine Neugier. Wer war dieser Typ eigentlich? Was machte er hier? Er kam sich völlig dämlich vor, hier an der Bar, wartend auf Grace, die gerade mit einem anderen in ihrem Büro … was lief da hinter der Tür ab?

»Also Evan, dann rede mal.«

Grace setzte sich auf ihren Bürostuhl und lehnte sich nach hinten. Sie versuchte, so lässig wie möglich zu wirken. Doch ihr Herz pochte wie wild. Wann hatte sich ihre Wut, ihr Hass für Evan in Angst umgewandelt?

»Ich vermisse dich. Ich möchte noch einmal eine Chance von dir. Wir beide, wie früher. Wir hatten es so schön, weißt du nicht mehr?«

Er kam einen Schritt näher und Grace zuckte zusammen.

»Evan, ich habe es dir schon das letzte Mal gesagt. Ich will nicht mehr. Ich liebe dich nicht. Nicht mehr. Du hast mich zu oft verletzt. Bitte, lass es ruhen und schaue nach vorne. Für mich und für dich.«

Sein rechtes Augenlid fing an zu zucken. Das machte es immer, wenn er sich aufregte.

»Grace, Kleine, komm schon. Du liebst mich. Ich weiß es. Gib uns nicht einfach auf.«

Während er sprach, kam er immer ein wenig näher.

»Ich möchte, dass du mich in Ruhe lässt. Ich habe nur in dieses Gespräch eingewilligt, in der Hoffnung, dass ich danach nichts mehr mit dir zu tun haben muss. Evan, ich habe genug von dir. Vergiss mich, vergiss den Club. Lass mich in Frieden.«

Um den letzten Worten Nachdruck zu verleihen, stand sie auf.

»Du hast einen anderen, nicht wahr?« Sein Auge zuckte stärker.

»Das geht dich überhaupt nichts an. Und jetzt verlasse den Club.«

»Es ist der andere. Der an der Bar. Der, der sich letztens schon so beschützerisch aufgespielt hat.«

Graces Mund wurde trocken.

»Evan, du spinnst dir etwas zusammen. Ich kenne den Typen kaum. Und wie gesagt, es geht dich nichts an, mit wem ich mich treffe. Selbst wenn es so wäre. Und jetzt, bitte!«

Sie ging zur Tür, öffnete sie und zeigte ihm mit einer Geste, dass er den Raum verlassen sollte.

Evan schnaufte laut und stürmte an ihr vorbei nach draußen in den Club. Ohne zu zögern schritt er zur Bar Richtung C.J.

»Du!« Sein Auge zuckte wie wild. »Du widerlicher Scheißkerl!«

C.J. drehte sich zu ihm um. Dadurch lag sein Gesicht perfekt in der Laufbahn von Evans Faust. Bevor Grace auch nur ein warnendes Wort sagen konnte, glitt er schon bewusstlos von seinem Hocker.

C.J. schmeckte Blut im Mund. Als er versuchte, seine Augen zu öffnen, gelang es ihm nicht ganz. Der pochende Schmerz in seinem Kopf meldete sich ziemlich rasch. Das musste ein Ventilator sein an der Decke, der sich langsam drehte. Er musste die Augen gleich wieder schließen, Übelkeit stieg in ihm hoch.

»Hey, er ist aufgewacht.«

Diese Stimme. Das war der Barkeeper, Sully.

»Oh, holst du mir noch etwas Eis? Ich versuche ihm das Aspirin zu geben.«

Grace, ja das war Graces Stimme.

Sein Mund fühlte sich trocken an. Er versuchte zu sprechen.

»Wo bin ich? Was ist …?«

»Hey, du bist in meinem Büro. Es tut mir so leid. Hier, etwas Wasser und ein Aspirin. Sully holt dir noch etwas Eis für dein Auge.«

Deshalb sah er so verschwommen. Sein Auge war angeschwollen.

»Er ist weg. Wir haben ihn rausgeschmissen.«

»Wer … was?«

Er war noch nicht ganz bei sich. C.J. versuchte sich aufzusetzen, gab es aber gleich wieder auf. Langsam wurde sein Verstand wieder klar. Er lag auf dem roten Sofa in Graces Büro.

»Hier, trink das.«

Sie setzte sich neben ihn und streckte ihm ein Glas Wasser entgegen, welches er dankend annahm. Sully hatte eine Portion Eis vorbeigebracht und versicherte Grace, den Laden im Griff zu haben. Sie solle sich voll und ganz um den Patienten kümmern.

»Was ist passiert? Ich kann mich nur noch daran erinnern, dass ich an der Bar gestanden bin und …«

Grace seufzte.

»Es … oh, Scheiße. Es ist alles meine Schuld.«

Sie erzählte ihm von Evan, ihrer gemeinsamen Vergangenheit und was im Büro vorgefallen war. Während Grace sprach, bemerkte C.J., dass sich seine Stimmung erhellte.

»Was ist?«, fragte sie verblüfft, legte etwas Eis in ein Tuch und reichte es ihm.

»Ach, ich ... wie soll ich sagen, ich hatte schon befürchtet, dass du was für ihn empfindest.«

Sie sah ihn lächelnd an.

»Und das hat dich gestört?«

Peinlich berührt versteckte er sein Gesicht hinter dem mit Eis gefüllten Tuch und murmelte: »Ja, ein bisschen.«

»Süß von dir.«

Sie hob das Tuch etwas hoch, um ihm einen Kuss auf die Wange zu drücken. Sein Herz machte einen Hüpfer.

»Ich werde deinen Freund suchen, damit der dich nach Hause bringen kann, in Ordnung?«

Er wollte nicht, dass dieser Moment mit ihr schon endete.

»Wann hast du Feierabend?«, fragte er.

»Erst in etwa drei Stunden.«

»Ach so.« Bei seinem zweiten Versuch, sich aufzusetzen, schaffte er es.

»Können wir uns vielleicht morgen wiedersehen?«

»Morgen habe ich Zeit, ja.«

Sie lächelte ihn an. Ihr süßes Lächeln. Es bildeten sich zwei kleine Grübchen in ihren Backen und er vergaß kurz seine pochenden Schmerzen im Kopf.

»Ich hole dich ab. Sagen wir um zwei?«

»In Ordnung. Ich freue mich. So, und jetzt hole

ich Jason, damit er meinen Helden des Tages nach Hause bringen kann.«

Held des Tages, hallte es C.J. in den Ohren nach, als Grace aus dem Büro eilte. Er fühlte sich überhaupt nicht als Helden. Eher als Sandsack, der in der ersten Runde gleich k.o. ging. Er drückte sich das Eis nochmals auf das schmerzende Auge und sank zurück auf die Couch.

18.

»Hey Alter, du erlebst Sachen in diesem Schuppen, unglaublich!« sagte Jase, während sie gemeinsam zum Wagen gingen. »Da hatte ich wohl ein bisschen mehr Glück. Tadaaaa!«
Sein Kumpel wedelte mit einer Visitenkarte vor seinem Gesicht herum. C.J. schnappte sich die Karte und versuchte, sie unter der nächsten Straßenlaterne zu lesen.
»Dann warst du erfolgreich bei deinem Beutezug?«
»'ne heiße Braut, sage ich dir. Sie hat eine kleine Boutique, ich glaub' mit Dessous und Frauenkram. Mann, die war scharf. Ich treffe sie nächste Woche«, schwärmte Jase.
»Gratuliere, du Frauenheld. Deswegen habe ich dich den ganzen Abend nicht gesehen. Lag wahrscheinlich auch daran, dass ich die Hälfte davon im Koma lag.«
C.J. tippte leicht auf seinen Kopf.

»Und jetzt, mein lieber Casanova, bring mich bitte nach Hause. Mein Schädel fühlt sich an wie Pudding. Dieser Typ hat mir echt eine runtergehauen.«

In seiner Wohnung angekommen, zeigten die Schmerzmittel ihre Wirkung und C.J. war wieder hellwach. Er spürte, dass sich seine rechte Gesichtshälfte verformt hatte, weshalb er entschied, nochmals etwas Eis darauf zu legen. Schon bevor er das Gefrierfach von seinem Kühlschrank öffnete, wusste er, dass er kein Eis vorfinden würde. Er schnappte sich eine Packung Fertiggemüse und wickelte diese in ein Geschirrtuch ein, das musste reichen. In der einen Hand ein Bier und in der anderen das gefrorene Gemüse, machte er es sich auf der Couch gemütlich. Er stellte das Bier ab und zappte wahllos durch die Fernsehkanäle, bis er bei einem Spiel-Duell hängen blieb und versuchte, mitzuraten.

Es mussten schon Stunden vergangen sein, als er wieder aufwachte. Das Gemüse auf seinem Gesicht war komplett aufgetaut und fühlte sich an wie Brei. Die Wanduhr in der Küche teilte ihm mit, dass es schon fünf Uhr morgens war. Der Fernsehkanal zeigte ein eingefrorenes Standbild, musste wohl ein technisches Problem sein. C.J. drückte auf die Fernbedienung, um den Fernseher auszuschalten, doch dieser reagierte nicht.

Er stand auf und schlurfte zum Fenster. Draußen war es noch immer dunkel. Nur die Straßenlaternen gaben etwas Licht ab. Es war unglaublich ruhig für eine Samstagnacht. Er sah vom dritten Stock hinunter auf die Straßenkreuzung und war verwirrt vom Anblick. Das einzige Auto, welches er erblickte, stand mitten auf der Kreuzung und bewegte sich nicht weiter. Ein paar Meter vor dem Wagen war ein Mann gerade daran, die Straße auf dem Zebrastreifen zu überqueren. Aber auch dieser bewegte sich nicht und verharrte in seinem Gang. Es war beängstigend still. C.J. rieb sich die Augen, was ihm sogleich die Schmerzen zurückbrachte.

»Autsch. Scheiße!«, fluchte er und taumelte einen Schritt zurück. Der Schmerz zuckte wie ein Blitz durch seinen Kopf. Er hatte wohl eine Gehirnerschütterung, dachte er sich und wankte in das Bad, um sich eine Schmerztablette zu holen. Er schluckte zwei Aspirin herunter und wusch sich das Gesicht mit kaltem Wasser. Sein Spiegelbild erschrak ihn. Das rechte Auge war blau und angeschwollen. Er beschloss, noch ein paar Stunden zu schlafen, und legte sich ins Bett. Etwas Schlaf und danach würde es ihm wieder bessergehen. Schon bald würde er Grace wieder treffen …

»Clark … bitte hilf mir …«

»Was? Wo?« C.J. setzte sich ruckartig auf und blickte durch das dunkle Schlafzimmer. Das war doch Grace! Ihm blitzte kurz ein Bild einer Wüste durch den Kopf. Ein Kaktus. Aufgewirbelter Sand.

»Bitte hilf mir ... Clark«

Heiß, die Sonne brannte. Ein schwarzer Van.

»Grace? Wo bist du?«

C.J. kam sich lächerlich vor. Seine Stimme klang viel zu laut in seinem leeren Schlafzimmer.

»Hallo? Grace?«

Er rieb sich den Nacken und versuchte einen klaren Gedanken zu fassen. Hatte der Schlag von diesem Evan etwa doch mehr zertrümmert als ein paar Blutgefäße? Doch er hörte nichts mehr. Keine Stimmen. Keine Grace.

Eine gefühlte Ewigkeit saß er im Dunkeln und versuchte eine Erklärung dafür zu finden. Als der Fernseher im Wohnzimmer plötzlich mit voller Lautstärke weiterlief, erlitt er fast einen Herzstillstand. Draußen auf der Straße hupte ein Auto und er hörte einen Mann fluchen.

19.

Als Grace endlich zu Hause war, kuschelte sie sich in ihrem Bett ein, doch sie fürchtete sich vor dem Einschlafen. Sie wollte nicht schon wieder in einen Traum eintauchen, in dem sie um ihr Leben kämpfen musste. Allein der Gedanke daran ließ sie erschaudern und in ihrem Hals bildete sich ein unangenehmer Kloß. Auf dem Nachttisch lag der neuste Roman von Nicholas Sparks und sie entschied, sich damit etwas abzulenken. Gerade als sie die Seite aufschlug, in der das Lesezeichen steckte, vibrierte ihr Smartphone und zeigte eine neue Nachricht an.

Komme Morgen um 11 mit Kaffee, Jud

Sie schrieb umgehend zurück.

Freu mich! :-) Wieso bist du noch wach?

Dean und ich haben uns gefetzt. Konnte nicht schlafen

Oh, musst du mir morgen erzählen. Gute Nacht.

Gute Nacht.

Grace legte das Handy wieder beiseite und grübelte kurz, worüber die beiden sich wohl gestritten hatten. Da sie aber zu keiner Erklärung kam, beschloss sie, nicht weiter darüber nachzudenken und sich ihrem Buch zu widmen. Es vergingen nur wenige Minuten, bis ihre Augenlider von den Schlaftabletten schwer wurden und sie – das Buch auf ihrer Brust – langsam wegschlummerte. *Oh nein, nun gehts wieder los, war ihr letzter Gedanke.*

Sie fand sich in einem Auto auf einem schnurgeraden Highway wieder. Die Landschaft, die an ihr vorbeizog, deutete auf einen Teil von Texas hin. Soweit das Auge reichte, waren Wüstenhügel zu sehen, auf denen vereinzelt Kakteen standen. *Ziemlich trockene Gegend,* dachte sie. Nirgends war ein Haus oder sonst eine Art der Zivilisation zu vermuten. Sie folgte der Straße und lauschte der Country-Musik, die aus dem Radio des Jeeps dudelte. Es lief ein Song von den Dixie Chicks. Sie begann beim Refrain lauthals mitzusingen. »Some Days you Gotta Danceee...!«

Die Klänge beruhigten sie ein wenig und ihr Klammergriff löste sich etwas vom Lenkrad. Allmählich genoss sie die Idylle und ließ die Scheibe herunter, um den Wind in den Haaren zu spüren. Als sie jedoch im Rückspiegel einen schwarzen Van auftauchen sah, war die Ruhe wie weggeblasen. Die Karre kam aus dem Nichts und raste wie wild auf sie zu.

»Verdammte Scheiße!«, fluchte sie und drückte aufs Gas. »Hat denn diese Kiste nicht mehr drauf?«

Hinter ihr fing es an zu hupen. Der Van kam unaufhaltsam näher.

»Okay, nicht durchdrehen, es ist nur ein Traum, Grace, nur ein Traum!«

Es überraschte sie nicht einmal, als der Van von hinten in sie hineinraste und in die Stoßstange prallte.

Ein zweites Mal. Bumm.

Ein drittes Mal. Bumm.

Sie konnte immer wieder die Herrschaft über das Fahrzeug gewinnen, die Frage war nur, wie lange das so gehen sollte. In diesem Moment durchbohrte ein Schuss ihre Heckscheibe und zerfetzte diese in tausend Splitter. Sie erschrak so stark, dass sie die Kontrolle über den Jeep fast verloren hätte, konnte ihn aber gerade noch wieder zurück auf die Straße bringen.

»Was zum Teufel geht hier vor? Ist der Scheißkerl verrückt?«

Sie versuchte wieder mehr Abstand zu gewinnen. Immer wieder schielte sie auf den Rückspiegel, um den Fahrer zu erkennen. Doch der Sand auf der Straße, den sie mit ihren Reifen aufwirbelte, nahm ihr komplett die Sicht. Der zweite Schuss kam weniger überraschend, erzielte jedoch mehr Wirkung, denn er ging direkt in den Hinterreifen. Der Jeep geriet ins Schleudern und überschlug sich. Er rutschte noch einige Meter und blieb danach im Sand auf dem Dach stehen. Grace war benommen, jedoch noch bei Bewusstsein. Sie hörte, wie der Van daneben zum Stillstand kam und jemand ausstieg. Schritte näherten sich. Ihr Kopf pochte vor Schmerz und sie schmeckte Blut in ihrem Mund. Als sie die schwarzen Lackschuhe erkannte, die vor ihr stehen blieben, wusste sie genau, wer der Besitzer des Vans war.

»Komm, ich helfe dir raus.«

Evans Hände öffneten die Tür und lösten den Sicherheitsgurt. Er packte sie, bevor sie herunterfallen konnte, und schleifte sie auf den heißen texanischen Sand hinaus. Grace blickte zum Van und meinte kurz, noch eine zweite Person gesehen zu haben, aber es konnte auch eine Fata Morgana gewesen sein. Sie hatte solchen Durst. Ihre Kehle war so dürr wie diese verdammte Wüste.

»Werde ich jetzt sterben?«, fragte sie mit trockener Stimme.

»Vielleicht, vielleicht aber auch nicht. Das wird er entscheiden. Ich bringe dich jetzt zu ihm. Wir haben doch Spaß miteinander, oder etwa nicht? Komm, ich trage dich zum Wagen.«

Er hievte sie hoch und brachte sie zu seinem schwarzen Van. Nachdem er sie auf den Rücksitz gelegt hatte, kramte er ein Seil hervor, um ihr die Hände zusammenzubinden.

»Evan, bitte, tu das nicht.«

»Ach, komm schon, zier dich nicht so!«

Evan lächelte sie hämisch an und klopfte ihr auf den Po. Grace versuchte sich zu wehren, doch sie hatte keine Kraft mehr. Ihr benommener Blick schweifte durch das Innere des Wagens und blieb auf dem linken Außenspiegel haften.

»Clark ... bitte. hilf mir ...«

Da stand eindeutig C.J. neben dem Auto.

»Was? Dieser scheiß Clark? Der wird dir nicht helfen. Wir machen jetzt einen Ausflug.«

»Bitte hilf mir ... Clark«

Grace hatte große Mühe, bei Bewusstsein zu bleiben.

»Wo gehen wir hin, Evan? Zu wem, wer ist *er* und wieso tust du das alles?«

Evan stand breitbeinig vor der Autotür und grinste auf sie herunter. Er nahm seine Zigarettenschachtel hervor und zündete sich genüsslich eine Marlboro an. Er sprach erst, nachdem er einen tiefen Zug inhaliert hatte.

»Grace, es ist dein Traum, ich bin nur ein Produkt deiner Fantasie.«

Sie war in ihrem Traum gefangen. Grace

schluchzte auf und ihr lief eine Träne über die Backe. Das durfte doch alles nicht wahr sein. Wie war sie nur in diese Lage geraten?

Evan setzte sich hinters Steuer und startete den Motor. Grace lag geknebelt auf dem Rücksitz und weinte leise weiter, bis sie von ihrem eigenen Wimmern erwachte.

Sie saß kerzengerade im Bett und weinte aus tiefster Seele. Sie schüttelte sich vor Wut und Angst, war aber zugleich froh darüber, in Tränen ausgebrochen zu sein – sonst wäre sie wohl nicht erwacht. Was wäre noch alles passiert? Wieso Evan? Wer war dieser *Er*, von dem alle sprachen? War das wirklich alles ein Produkt ihrer Fantasie? Und weshalb war C.J. in jedem ihrer Träume anwesend? War es C.J., von dem alle sprachen?

Ihre Kehle war so trocken, als wäre sie tatsächlich direkt aus der Wüste zurück ins Bett gekrochen. Sie warf die Decke beiseite und erwartete halb, darunter Sand zu finden, aber da war nur die alte, durchgelegene Matratze – sonst nichts. Sie schlurfte in die Küche, um sich ein Glas Wasser zu holen. Die Wanduhr zeigte 07.30 Uhr an. Mein Gott, dachte sie, sie hatte kaum zwei Stunden geschlafen. Aber ihr war nicht mehr nach Schlaf zumute. Sie holte sich die Bettdecke aus dem Schlafzimmer und kuschelte sich auf die Couch. Nachdem sie sich zuerst eine Folge ihrer Lieblingssitcom angeschaut hatte, drückte sie weiter durch das Programm und blieb bei einer Sendung über ungelöste Todesfälle hängen. *Solche Sendungen sollten doch nur mitten in der Nacht gezeigt werden,* dachte sie, und hörte dem Sprecher zu, der etwas von Autopsieberichten erzählte.

»*... unser Fall, der uns bereits seit 31 Jahren beschäftigt. Bei allen Todesopfern wurde derselbe Befund festgestellt. Herzstillstand im Schlaf. Der Grund ist ungewiss. Der Drogenscreen zeigte bei allen Opfern an, dass weder Alkohol noch Drogen im Spiel waren. Ob sie mit Drogen umgebracht wurden, die nicht nachweisbar sind, kann leider auch nicht festgestellt werden. Die Todesopfer waren jeweils bei sich zu Hause, in ihren eigenen Betten, meist in geschlossenen Wohnungen. Alle sechs Opfer sind weiblich, zwischen 28 und 35 Jahre alt, haben braune Haare, blaue Augen und sind von schlanker Statur.*«

Es wurden Fotos von schönen Frauen mit braunen Haaren gezeigt. Zum Teil waren es Aufnahmen aus Collegezeiten, andere hingegen waren Privataufnahmen der Familien.

»*Außerdem stammen sie alle aus dem Umkreis von Chicago, Illinois.*«

Drohnenaufnahmen von Chicago flimmerten

über den Bildschirm.

»Der erste Todesfall geschah vor 7 Jahren. Danach kam in etwa jährlichem Abstand ein Todesopfer hinzu. Lange wurde kein Zusammenhang zwischen den Fällen hergestellt, da jeweils ein Jahr zwischen den Todesfällen lag und die Leichen meist in unterschiedliche Krankenhäuser und Bezirke gebracht wurden. Eine Verbindung fiel erst auf, als die Leichen zwei Jahre hintereinander im selben Krankenhaus zur Obduktion freigegeben wurden und der Pathologe die Ähnlichkeiten der Fälle nachwies.
Nebst den Äußerlichkeiten und dem Alter haben die Frauen keine Gemeinsamkeiten. Das und die ungeklärte Todesursache ist alles, was diese Fälle verbindet.«

Der Sprecher machte es spannend und ließ die Bilder einer Pathologie ohne Kommentare auf die Zu- schauer wirken, bevor er weitersprach.

»Ist es möglich, dass eine Verbindung zu einem Fall besteht, der über 30 Jahre in der Vergangenheit liegt? Denn damals kam genau auf die gleiche Art und Weise eine junge Frau in Decatur ums Leben. Mrs. Susan O'Brian Dunlevy starb in ihrem eigenen Schlafzimmer an einem Herzstillstand, während sie schlief. Hinzu kam, dass sie zu diesem Zeitpunkt im neunten Monat schwanger war. Da anscheinend die Akten von Mrs. O'Brian Dunlevy im DEC General Hospital vor Jahrzehnten verlegt wurden und bis zum heutigen Tag nicht

auffindbar sind, kam dieser Fall erst kürzlich ans Licht.
Es ist nicht bekannt, ob das Baby überlebt hat oder mit
der Mutter zusammen verstorben ist. Der damalige be-
handelnde Arzt, Dr. Joe Gilmore, ist vor 18 Jahren im
Alter von 76 Jahren verstorben. Die damalige Emp-
fangsdame, sie möchte an dieser Stelle anonym bleiben,
will sich daran erinnern, dass das Kind überlebt haben
soll. Leider ist die ehemalige Angestellte an Alzheimer
erkrankt. Stimmt also diese Aussage, oder ist dies eine
weitere Sackgasse im Fall Susan? Keiner kann – oder
will – Auskunft geben, was in dieser Nacht geschehen
war. Der Ehemann von Mrs. O'Brian ist zu keiner Stel-
lungnahme bereit.«

Ein Bild von Susan wurde gezeigt. Sie war eine
wunderschöne Frau gewesen. Braunes Haar und
blaue, freundliche Augen, dachte Grace. Und
dieses arme Baby …

»Was ist mit all diesen Frauen geschehen? Und gibt
es einen Zusammenhang mit dem Fall Susan O'Bri-
an Dunlevy? Und wird es weitere Opfer geben? Und
nächste Woche sehen Sie bei uns: Das Killerpaar, das
1959 Amerika in Atem hielt. Schalten Sie ein, wenn es
wieder heißt, UNGELÖSTE TODESFÄLLE!«

»Mann Mann Mann, was wohl mit diesen Frauen
passiert ist?«
Grace zog sich die Bettdecke bis unters Kinn
und war so in die Sendung vertieft, dass sie nicht

bemerkte, dass Kater Charly sich zu ihr gesellte und ein paar Streicheleinheiten wünschte.

»Das gibts doch ni...« Graces Hirn fing an zu rattern. Sie passte perfekt ins Schema: Genau das gleiche Alter, gleiche Haarfarbe, dieselbe Augenfarbe, die gleiche Statur, sie wohnte Chicago ... achtes Jahr? Und die Frauen waren im Schlaf gestorben. Hatten sie vielleicht auch mit Schlafproblemen und Albträumen gekämpft? Aber nein, das war doch Unsinn. Sie musste verrückt geworden sein.

Charly gab es derweil auf, sich bemerkbar zu machen und kugelte sich bei ihren Füßen zusammen. Im TV wurde währenddessen das Thema abgeschlossen und die nächste Sendung begann, in der nichtsnutzige Produkte zum Verkauf vorgestellt wurden.

»Und wenn Sie jetzt anrufen, erhalten Sie das Zusatzset des Staubsaugers und eine Packung mit 10, ja sie haben richtig gehört, mit 10 Ersatzsäcken gratis dazu!«

Grace ließ den Fernseher laufen, blieb aber in Gedanken an der vorigen Sendung hängen. Sie klappte den Laptop auf ihrem Tischchen auf und öffnete Google.

Nachdem sie eine Weile nach Informationen über die gezeigten Fälle suchte, legte sie den Laptop zurück in ihr Büro, wo er eigentlich hingehörte.

Außer dem Bericht im Fernsehen und ein paar belanglosen Informationen gab das Internet nichts her. Wie sollte es auch. Wenn die Fälle noch nicht abgeschlossen waren, waren die Akten ja noch immer unter Verschluss. Sie würde wohl nie erfahren, ob die Frauen dasselbe durchlitten hatten wie sie gerade und ob überhaupt ein Zusammenhang zwischen ihnen bestand.

Und falls es doch eine Verbindung zwischen diesen Fällen und ihr gab, wer konnte ihr denn da schon helfen?

Gerade als sie sich einen Kaffee machen wollte, klopfte es an der Tür.

»Ich bin's.«

Jud war aber früh dran, dachte Grace und entriegelte die Tür.

»Hey, meine Liebe. Mann, siehst du mal wieder scheiße aus. Hast du denn gar nicht geschlafen?«

Jud quetschte sich neben ihr durch den Türrahmen und stellte den frischen Starbucks-Kaffee und die Bagels auf die Küchenablage.

»Nicht sehr viel. Nur etwa zwei Stunden.«

»Wirken denn die Tabletten vom Doc nicht?«

Grace rieb sich in den Augen.

»Die machen mich nur schläfrig, sonst nichts.«

»Ach, du Arme. Hier!« Jud reichte ihr den Kaffeebecher.

»Trink mal einen kräftigen Schluck, dann gehts dir gleich besser.«

Grace löste den Deckel des Kaffeebechers und

inhalierte das ausströmende Kaffeearoma.

»Das ist dein Allerwelts-Heilmittel, nicht wahr? Ein guter, aromatischer Kaffee, und die Welt ist wieder in Ordnung. Obwohl, du siehst aber auch wie sieben Tage Regenwetter aus. Nun, erzähl schon. Was ist zwischen Dean und dir vorgefallen? Worüber habt ihr euch gestritten?«

Jud ließ sich auf einen Küchenstuhl sinken und rupfte ein Stück vom Bagel ab.

»Es ging wieder um deine Mutter. Ich habe Dean gesagt, er solle sich nicht einmischen. Er meinte darauf, es sei schließlich seine Tante und du seine Cousine und er habe gewisse Verpflichtungen euch gegenüber. Ah, dieser Beschützerinstinkt oder Vaterkomplex oder was immer er auch hat, kann einem manchmal echt auf die Nerven gehen. Ich weiß auch nicht, wir sind einfach wieder einmal aneinandergeraten.«

Grace atmete tief ein und starrte für einen Moment die Decke an.

»Hallo? Erde an Grace? Noch da?«

Jud wedelte mit ihrer Hand vor Graces Gesicht, um ihre Aufmerksamkeit zurückzugewinnen.

»Entschuldige, ich hab' mir nur gerade überlegt, wie es so weit kommen konnte, dass ihr beide Streit habt wegen meiner Mutter. Das sollte einfach nicht sein. Findest du nicht?«

Jud sah sie irritiert an.

»Suchst du jetzt etwa die Schuld bei dir? Wenn ja, kannst du gleich damit aufhören, Liebes. Ein kleiner Streit hie und da ist in jeder Beziehung normal – egal, worum es geht. Und falls es dich tröstet: Wir hatten unglaublichen Versöhnungssex heute Morgen.«

Jud schmunzelte in ihren Kaffee.

»Ah, wenn das so ist, vergessen wir das Ganze gleich wieder.«

Die beiden lachten und prosteten sich mit ihren Kaffeebechern zu.

»Auf unsere Freundschaft!«

»Auf uns, Liebes!«

In diesem Moment vibrierte Graces Handy, das noch immer auf dem Sofa lag. Sie holte es und las die eingegangene Nachricht.

Jud beobachtete sie dabei und fing an, den Hochzeitsmarsch zu summen.

»Na? So, wie du lächelst, war es wohl der Typ von letztens. Oder?«

Grace warf ihr ein kleines Kissen an den Kopf und lachte.

»Du hast recht. Es ist C.J. Wir wollen uns heute Nachmittag treffen. Er hat gerade ein Picknick im Park vorgeschlagen. Süß, nicht?«

»Oh, sehr romantisch. Du magst ihn, mmh?«

Jud musterte sie vergnügt, während Grace die Hitze in die Wangen stieg.

»Weißt du, er ist witzig, romantisch, nicht so das Übertriebene, einfach süß. Er hat irgendwie etwas Naives an sich. Und er sieht auch noch so verdammt gut aus.«

Die beiden vergaßen beim Plaudern die Zeit, so dass Grace ziemlich in Eile geriet für ihr Date im Park.

Mit gut 5 Minuten Verspätung kam sie am vereinbarten Treffpunkt, beim South Rose Garden, in der Nähe des bekannten Buckingham-Springbrunnens, an.

C.J lehnte an einer Straßenlaterne und hoffte, dass seine dunkle Jeans und das weiße Hemd die passende Wahl waren. Neben ihm stand ein voller Picknickkorb am Boden.

»Hey, wartest du schon lange?«, fragte sie ihn und gab ihm zur Begrüßung einen Kuss auf die Wange. Sie musste sich auf die Zehenspitzen stellen, damit ihre Lippen zu seinem Gesicht reichten. Er lächelte sie fröhlich an. Den ganzen Tag hatte er diesen Moment herbeigesehnt.

»Nur ein paar Minuten, kein Problem. Gehen wir ein Stück?«

Gemeinsam gingen sie ein paar Schritte und machten es sich am Rande des Hutchinson's Baseballfelds im Rasen gemütlich.

»Dein Auge sieht gar nicht mehr so geschwollen aus. Hast es gut überstanden.«

C.J. lächelte verlegen und strich sich über die Backe, die sich schon leicht grün und gelb verfärbte.

»Es schmerzt auch nicht mehr. Steht mir gut, nicht wahr? Es lässt mich verwegen wirken.«

Sie lachte.

»Ja genau! Du kühner, unerschrockener Kerl.«
C.J. packte das Essen aus, während Grace ihre Beine auf der Picknickdecke ausstreckte und die Sonnenstrahlen genoss. Sie plauderten über dieses und jenes, lachten und flirteten ein bisschen, während sie die Köstlichkeiten verspiesen, die er für sie besorgt hatte.

Am späteren Nachmittag öffnete C.J. noch eine Flasche Sekt und goss ihn in die Gläser, die Grace ihm entgegenstreckte. Die Stimmung war locker und entspannt, weshalb er beschloss, die Frage zu stellen, die ihm seit Stunden auf den Lippen brannte.

»Grace, was war das für ein Doc in der Bar?«
Sie zuckte fast unmerklich zusammen, doch C.J. bemerkte es.

»Tut mir leid, ich wollte nicht …«
»Nein schon in Ordnung. Ich weiß auch nicht, wieso mir das peinlich ist. Ich denke, jeder hat seine Wehwehchen, die er verstecken möchte.«
Sie nahm einen Schluck und ließ den Sekt noch etwas in ihrem Mund sprudeln, bevor sie ihn die Kehle hinunterlaufen ließ.

»Seit einiger Zeit habe ich Schlafprobleme. Ich konnte einfach nicht mehr richtig schlafen und habe mich nächtelang hin- und her gewälzt. Egal, wie müde ich war. Vor einer Weile lernte ich zufällig in der Bar Dr. Crawford kennen. Er ist Spezialist für Schlafstörungen. Seitdem bin ich bei ihm in Behandlung.«

»Und hilft es dir?«

Sie zuckte die Achseln.

»Weiß auch nicht, schlafen kann ich jetzt zwar, aber ich träume ganz wirres Zeug, also bin ich nicht unbedingt erholter.«

Für einen kurzen Moment ließen die beiden ihre Blicke über den Park schweifen und schauten Kindern zu, die Fußball spielten. Der Ball kam auf sie zugerollt. C.J. stand auf und kickte den Ball in Richtung der Kinder zurück. Ein Junge bedankte sich winkend und widmete sich sofort wieder konzentriert dem Spiel. C.J. setzte sich wieder, dieses Mal etwas näher bei ihr. Am liebsten hätte er ihre Hand genommen, doch er hielt sich zurück.

»Träume, sagst du? Was denn für Träume? Etwa von mir?«

Er machte einen Flirtversuch, doch ihr Gesichtsausdruck verriet ihm, dass er kläglich scheitern würde. Ihre Miene versteinerte sich und sie blickte ihn verunsichert an. Ja, er war sich sicher, dass sie sich unwohl fühlte. Grace seufzte, als wolle sie eine Beichte ablegen.

»Ehrlich gesagt, ja. Du kamst auch schon in meinen Träumen vor. Aber nicht so, wie du jetzt denkst!«, sie wedelte mit ihren Händen, »Ich meine, nicht dass das etwas Schlechtes wäre. Also ich meine, wenn, dann wäre... ach.«

Sie wurde rot.

C.J. nahm seinen Mut zusammen und packte

nun doch ihre Hand.

»Ich denke gar nichts. Du kannst es mir erzählen, oder auch nicht. Wie du willst.«

Er genoss den Körperkontakt und fühlte ein leichtes Kribbeln im Bauch.

»Die Träume sind grauenvoll und furchteinflößend. So real. Wenn ich aufwache, habe ich immer Mühe, sie abzuschütteln. Ich … ich werde verfolgt, oder jemand versucht mich umzubringen. Ich weiß auch nicht, woher diese Idee kommt. Meist erwache ich kurz bevor ich …«

Sie brach ab rupfte mit ihren Fingern an einzelnen Grashalmen herum. Ihre Stimme klang brüchig.

»Das Verrückte daran ist, du bist wirklich in meinen Träumen. Aber du tust nichts, du bist nur anwesend. Jedenfalls denke ich das. Keine Ahnung, Träume eben, verrückt und unerklärlich.«

C.J. schauderte es kurz. Er wusste nicht, wieso, doch er fühlte sich irgendwie schuldig. Er dachte kurz an seine Tagträume und wie er Graces Hilfeschreie gehört hatte, schüttelte aber den Gedanken gleich wieder ab. Er sah keinen logischen Zusammenhang. Als sich ihre Blicke trafen, wusste er, dass sie das Thema beenden wollte. Er tätschelte ihre Hand, schaute auf seine Armbanduhr. Das violett schimmernde Ziffernblatt teilte ihm mit, dass er schon bald seine Schicht in der Futuremile antreten musste.

»Komm, ich begleite dich nach Hause.«

Vor dem Hauseingang angekommen, bedankte sich Grace für den gemeinsamen Nachmittag.

»Ich werde mal etwas Schlaf nachholen. Die letzten Nächte in der Bar waren ziemlich anstrengend.«

»Na, dann wünsche ich dir eine gute Nacht, aber bitte nur süße Träume. Vielleicht komme ich ja auch vor, aber diesmal werde ich nicht einfach zusehen«, sagte er und strich ihr eine Haarsträhne hinters Ohr.

Sie sah zu ihm hoch und biss sich auf die Unterlippe. Er verstand die Botschaft in ihren Augen. Er ergriff ihre Schultern und zog sie an sich. Er näherte sich ihrem Gesicht, und diesmal wich sie nicht zurück. Ihre Lippen trafen sich und ein Kribbeln lief durch ihre Körper hindurch. Ihr Mund öffnete sich und ihre Zunge suchte seine. Sie umkreisten und spielten miteinander. Seine linke Hand griff in ihre Haare und drückte ihr Gesicht noch näher an seines. Seine rechte wanderte langsam auf ihre Hüfte hinunter. Grace umarmte ihn und fühlte seine durchtrainierten Schulterblätter und ihre Hände glitten seinen Rücken hinab. Sie wollte ihn gleich und sofort. Dieses warme Gefühl, das ihren Körper durchströmte, verlangte nach mehr. Doch nach einem Moment lösten sich seine Hände von ihr und stießen sie ganz sanft wieder von sich, um ihr in die Augen sehen. Sein Blick verriet sein großes Verlangen, aber er teilte ihr auch mit, dass es heute nur bei einem Kuss blieb.

»Ich muss leider arbeiten gehen. Hab die Samstagsschicht erwischt.«

»Oh, okay.«

Mehr brachte sie in diesem Moment nicht heraus.

»Es war ein wunderbarer Nachmittag. Ich hoffe, wir können das mal wiederholen?«, raunte er ihr ins Ohr. »Morgen ist Sonntag, da fahre ich zu meiner Mutter. Können wir uns vielleicht am Montag sehen?«

Grace war noch etwas wackelig auf den Beinen, das Kribbeln verebbte aber langsam.

»Ja, sehr gerne«, sagte sie, bevor sie sich nochmals küssten. Das Kribbeln wurde erneut entfacht, wurde sogar noch stärker. Nachdem C.J. sich von ihr gelöst hatte, taumelte Grace verträumt und glücklich die Treppen nach oben in ihr Apartment.

Graces Lippen fühlten sich noch immer feurig und geschwollen an. Sie strich mit den Fingern über ihre Unterlippe in der Hoffnung, dieses Gefühl noch eine Weile halten zu können. Nach einer erfrischenden Dusche und einer innigen Umarmung mit Charly ließ sie sich erfüllt vom Glücksgefühl in ihr Bett fallen.

Der Mann, der ihnen bis zur Wohnung gefolgt war, blieb unbemerkt. Er hatte das Ganze beobachtet und verschwand danach lautlos. Nur die

Zigarette, die am Boden noch weiter brannte, erinnerte an seine Anwesenheit.

20.

Das Bürogebäude stand vor ihm wie ein hämisch lachender Riese, der ihn anbrüllte: »Hey, hab' ich dir den Abend versaut?«

Wenn er nur bei Grace hätte bleiben können. Aber er konnte so kurzfristig die Wochenendschicht nicht tauschen. Wenn er sich beeilte, würde er Margrith noch treffen. Auch sie arbeitete oft samstags, da sie sich an den Wochentagen meist um ihre Enkel kümmerte, wenn deren Eltern selbst ihrer Arbeit nachgingen. In der Nähe waren Kirchenglocken zu hören. Sie schlugen 17 Uhr, als er durch die Tür eintrat.

»Hey, hey, wen haben wir denn da? Solltest du nicht schon längst in deinem Gärtchen sitzen und stricken?«

C.J. lehnte sich an die Empfangstheke und zog lässig seine Sonnenbrille ab. Margrith blickte von ihren Akten hoch und schenkte ihm ein herzliches Lächeln.

»Wer schwebt denn da so glücklich durch die Empfangshalle? Hast du im Lotto gewonnen?«

»Kann man sagen, ja.« C.J. grinste.

»Na, dann erzähl mal, mein Hübscher!«, erwiderte Margrith.

»Ich habe da so eine Frau kennengelernt.«

Er zeichnete abwesend mit seinem Zeigefinger Herzchen auf die Theke.

»Dann hast du den großen Jackpot geholt? So wie du grinst, muss sie etwas ganz Besonderes sein.«

»Das kann man wohl sagen«, sagte er verträumt.

»So, ich muss mal meinen Dienst antreten.«

Er drehte sich um und ging Richtung Aufzug.

»Was? Keine Details für deine Omi? Das ist aber ziemlich unfair!« rief ihm Margrith nach.

»Weitere Infos folgen.«

Er drückte den Knopf des Aufzuges und blickte nochmals zu Margrith hinüber.

»Geh jetzt stricken und genieß das Wochenende.«

»Mein Junge, du weißt, dass ich nicht stricken kann. Hast du mich jemals stricken sehen? Nur weil ich eine alte Dame bin, heißt das nicht, dass ich nur stricke. Du lässt mich also tatsächlich ahnungslos hier sitzen?«, rief sie ihm hinterher.

»So bleibt es spannend, aber keine Angst. Wenn es um den Abschlussball geht, bist du meine Favoritin«, erwiderte C.J. lächelnd und verschwand im Inneren des Aufzuges.

Margrith schmunzelte.

»Dieser Junge, einfach einmalig«, murmelte sie

vor sich hin, während sie ihre Tasche packte und den Computer herunterfuhr.

C.J. wechselte kurz ein paar Worte mit John, seinem Mitarbeiter, der die Tagschicht gemacht hatte.

»Hab dir den Stuhl warmgehalten. Dann werde ich jetzt mal verschwinden und das Wochenende genießen«, sagte John und winkte ihm zum Abschied, während er den Flur entlang davonging.

»Ja, ja, streu Salz in die Wunde. Als wäre die Samstagnacht nicht Strafe genug«, brummte C.J. und setzte sich auf den Bürostuhl, der sich wirklich noch warm anfühlte. Vor ihm hingen 14 Bildschirme, die Flure, Gänge und einzelne Sitzungszimmer zeigten. Überall herrschte gähnende Leere. Samstagabend, niemand arbeitete mehr. Links vor ihm stand ein Computer. Johns Facebookseite war noch offen, ein Foto von John und seiner Familie, wahrscheinlich am Lake Tahoe aufgenommen, war sein letzter Post. *Idiot*, dachte C.J. und meldete John von der Seite ab. Er hievte seine Laptoptasche auf den Bürotisch und kramte seine Lernbücher hervor. In rund 10 Minuten würde er den ersten Rundgang machen, bis dahin konnte er ein Stück in einem seiner Wälzer lesen. Aber er blätterte lediglich ziellos in den Seiten herum. An Konzentration war nicht zu denken. Seine Gedanken landeten immer wieder bei Grace.

Ob sie schon schlief? Um keine Nachricht zu verpassen, blickte er kurz auf sein Smartphone. 17.45 Uhr. Keine Nachrichten.

Mit dem Badge am Gürtel, mit dem man alle Türen des Gebäudes öffnen konnte, machte er sich auf seinen Kontrollgang. Nichts, alles leer und verlassen. Er war schon eine Weile unterwegs, bevor er bemerkte, dass das gewohnte Ticken der Wanduhr im Flur 7 fehlte. 17.53 Uhr. Die Uhr stand still. Er würde es melden, damit der Hausmeister die Batterien wechseln konnte. Er bog in den Flur 8 ab und instinktiv blickte er auf die nächste Uhr. Auch diese stand still und gab kein Klacken von sich. War wohl ein Zufall.

Zurück im Büro ließ er seinen Blick über die Monitore schweifen. Immer noch alles menschenleer. Er erwartete auch nichts anderes. Er lehnte sich zurück und gönnte sich eine Minute, um seine müden Augen zu schließen. Vor seinem geistigen Auge sah er das Baseballfeld von heute Nachmittag wieder aufblitzen. Ach, wie schön es gewesen war. Er öffnete die Augen wieder und blinzelte auf die Monitore.

»Moment mal«, flüsterte er und beugte sich nach vorne, um das Datum und die Uhrzeit auf den Bildschirmen besser zu sehen. 05.06.2020 / 17.53 Uhr.

»Was zum …«

C.J. schaltete den Bildschirm aus und wieder an. 05.06.2020 / 17.53 Uhr.

Die Monitore müssen eingefroren sein, dachte er. Aber die Uhrzeit war dieselbe wie bei den Uhren auf den Fluren. Und das war schon einige Minuten her. Etwas verwirrt stand er auf und ging dem nächstgelegen Flur entlang. Die Wanduhr zeigte ihm an, dass es 17.53 Uhr war. Er sah auf seine Armbanduhr. Er klopfte mit zwei Fingern auf das schimmernde Ziffernblatt, doch auch diese Uhr teilte ihm 17.53 Uhr mit. Bevor er einen klaren Gedanken fassen konnte, blitzte es und statt der Wanduhr sah er wieder das Hutchinson's Baseballfeld vor sich.

»Ich glaub, ich hab' Migräne«, seufzte er als er in seinen Augen rieb. Blitz, wieder auf dem Flur. Er hatte ja schon so einiges über die verschiedenen Migränearten mit Blitzen vor dem Auge gehört, aber dass man davon Halluzinationen bekommen konnte, war ihm neu. Blitz. Er stand im Park auf dem Feld. Er glaubte, die Sonnenstrahlen wieder auf seiner Haut zu spüren. Keine Menschenseele war vor Ort. Keine spielenden Kinder, keine sonnenanbetenden Paare, nichts. Nur das frisch gemähte Feld lag vor ihm.

»Hilfe!«

»Was?«

Woher kam dieser Hilfeschrei? Er blickte sich um, doch er entdeckte nichts. Er rieb sich nochmals verwundert in den Augen, doch er stand noch immer im Park.

»Hilft mir denn keiner?!«

»Das war doch …« Bevor er den Satz beenden konnte, sah er aus dem Augenwinkel Grace, die wie von der Tarantel gestochen über das Baseballfeld rannte. Dicht gefolgt von einem Mann mit einem Baseballschläger in der Hand.

»Hey!«, rief C.J. und wollte losrennen, doch er konnte seine Beine nicht bewegen. Grace blickte kurz zu ihm herüber, doch sie rannte weiter.

»Stopp!«, schrie es aus ihm heraus. Da rannte auch C.J. auf einmal über das Feld. Seine Beine waren so schwer wie Blei und seine Zunge fühlte sich wie gelähmt an. Doch mit jedem Meter, den er hinter sich brachte, wurde sein Körper lockerer und beweglicher.

»Grace! Was geht hier vor?«

Der Verfolger hatte sie schon fast eingeholt, als auch C.J. immer näher kam.

»Hilf mir, C.J.! Er will mich umbringen!«

Diese Worte versetzten ihm den nötigen Energieschub und er lief noch schneller, diesmal aber auf den Typen mit Baseballcap zu. Als er ihn eingeholt hatte, rammte er ihn mit seinem ganzen Körpergewicht zu Boden. Sein Cap flog meterweit über das Feld. Außer Atem und verwirrt blieb C.J. über ihm stehen. Doch der Angreifer packte seinen Schläger, schlug C.J. in die rechte Wade und brachte ihn damit zu Fall. Starr vor Schmerzen bemerkte er zu spät, dass der Baseballtyp sich wieder aufrappelte und ihm den Schläger mehrmals in die Rippen schlug.

Keuchend versuchte C.J. sich aufzusetzen, doch sein Gegenüber saß schon auf ihm und versuchte ihn mit dem Schläger zu erdrosseln. C.J. presste beide Hände gegen den Schläger, um zu verhindern, dass dieser seine Atemwege zudrückte. Es gelang ihm, seine Knie anzuwinkeln und den Angreifer wegzudrücken. Dieser fiel auf die Seite, versuchte aber gleich wieder aufzustehen. Grace blieb ein paar Meter entfernt stehen und verfolgte atemlos die Szene. Als beide wieder aufrecht standen, packte C.J. den Angreifer mit der einen Hand am Kragen seines Baseballhemdes. Die andere Hand ballte er zur Faust und schlug dem Mann ins Gesicht.

Einmal, zweimal, dreimal.

C.J. spürte, wie seine Faust die Nasenknochen zum Bersten brachte. Der Baseballer taumelte nach hinten und fiel rücklings auf den Boden. C.J. beobachtete keuchend, ob sich der Typ noch einmal regte. Nichts. Er lag am Boden und schnappte noch einmal nach Luft, bevor er das Bewusstsein verlor. Aus seiner Nase und seinem Mund lief reichlich Blut.

Grace lief so schnell sie konnte zu ihnen herüber. C.J. atmete noch immer schwer und er spürte regelrecht das Adrenalin durch seinen Körper pumpen. Er drehte sich um und sah sie auf sich zulaufen. Seine Lippen formten sich zu einem Lächeln. Er streckte seine Hand nach ihr aus, doch unmittelbar bevor sie sich berühren konnten, befand sich C.J. wieder in Flur 3 des Future-mile-Gebäudes.

Seine Rippen schmerzten noch immer vom Schlag mit dem Baseballschläger und er hielt seine Hand darauf.

»Was in alles in der Welt war denn das?«

Er schleppte sich gebückt zum Büro zurück und setzte sich komplett verwirrt und schmerzerfüllt auf den Bürostuhl. Er versuchte eine plausible Erklärung zu finden, was da gerade passiert war, aber es kamen ihm nur die Träume von Grace in den Sinn, die sie heute Nachmittag erwähnt hatte.

Aber das kann doch keinen Zusammenhang haben, oder? dachte er und kratzte sich am Kopf, als ihm die Uhrzeit auf den Monitoren vor ihm auffiel. 05.06.2020 / 17.55 Uhr.

Zur gleichen Zeit saß Victor Crawford im Sessel seines düsteren, kleinen Apartments, sein Stück des Amuletts fest umschlossen in seiner Hand.

»Wie konnte das nur passieren? Und wer zum Teufel ist dieser verfluchte C.J?«

21.

*G*race erwachte um 10.00 Uhr früh und stieg ausgeruht und zufrieden aus dem Bett. Letzte Nacht hatte es in ihrem Traum endlich mal ein Happy End gegeben. Clark hatte sie auf dem Baseballfeld vor ihrem Angreifer gerettet, der sie davor durch halb Chicago verfolgt hatte. Seit Langem hatte sie sich zum ersten Mal gewünscht, nicht aufzuwachen, um ihm ihre Dankbarkeit ausgiebig zu zeigen. Trotzdem war sie über den Ausgang ihres Traumes überglücklich.

Vielleicht hab ich's nun endlich hinter mir, dachte sie und ging leichtfüßig in ihre Küche. Nachdem sie sich einen Kaffee genehmigt hatte, schnappte sie sich ihr Smartphone und rief Dean an. Es klingelte.

»Hallo?«

»Hey Deanooo!«

»Grace, hi. Wie geht es dir?«

»Alles bestens. Hör zu, hast du Zeit für einen Kaffee?«

»Moment kurz, ich schaue im Kalender nach.«

Sie hörte, wie Dean auf seiner Tastatur herumtippte.

»Ja, heute Nachmittag um 15 Uhr hätte ich kurz Zeit. Bei meinem Büro um die Ecke? Im Morrison? Ist das okay für dich?«

»Werde um 15 Uhr da sein. Na dann, bis später.«

»Grace?«

»Ja?«

»Danke, dass du kommst.«

Sie betrachtete ihre leere Kaffeetasse.

»Keine Ursache. Bis dann.«

»Bis dann, Gracey.«

Sie legte auf und grübelte darüber nach, was Dean schon alles für sie getan hatte.

Pünktlich um 15.00 Uhr betrat sie das Morrison Café und entdeckte Dean sofort an einem der eckigen Tischchen. Das Café hatte das Flair eines Secondhand-Shops. Die Stühle waren allesamt Einzelstücke. Holzstühle, Sessel, auch Sofas standen in den Ecken und luden zum gemütlichen Kaffeetrinken ein. Sie steuerte über den schwarzen Industrieboden auf Dean zu.

»Hi, Lieblingscousine.«

»Hi, Lieblingscousin.«

»Setz dich. Möchtest du was essen?«

Sie setzte sich auf einen bunten Ohrensessel und machte es sich bequem.

»Nein danke, nur einen Milchkaffee.«

Dean bestellte den Kaffee bei der jungen, etwas zu euphorischen Kellnerin und wandte sich danach wieder Grace zu.

»Danke, dass du angerufen hast. Ich hatte schon Angst, ich höre nichts mehr von dir.«

»Ich musste es nur einen Moment setzen lassen. Ist schon okay. Also?« Sie blickte ihn fragend an.

»Was gibt's Neues an der Mutterfront?«

Dean rutschte auf seinem knallroten Stuhl im 50er-Stil hin und her.

»Grace, deine Mutter ... sie ist schwerkrank.«

Sie schaute Dean unbeeindruckt an, doch ihr wurde plötzlich sehr heiß.

»Wie krank?«

»Sie hat Krebs. Die Ärzte können anscheinend nichts mehr für sie tun.«

Sie atmete tief ein.

»Wie lange noch?«

»Etwa einen Monat, vielleicht zwei.«

Einen Monat, vier Wochen, das war eine kurze Zeit.

»Sie möchte dich noch einmal sehen, bevor...«

Dean beendete den Satz nicht.

»Oh.«

Ihr kam alles wieder hoch. Ihre Kehle fühlte sich trocken an und die Hitze in ihrem Körper stieg auf ein sehr unangenehmes Level an.

»Was denkst du darüber?« fragte Grace.

»Ich denke, du bist ihr nichts schuldig. Aber

vielleicht könntest du es für dich tun. Um abzuschließen, was war. Keine Ahnung. Wenn du willst, werde ich dich natürlich begleiten.«

Sie spürte Deans Beschützerinstinkt und war ihm dafür sehr dankbar.

»Kannst du mir ihre Telefonnummer geben? Ich werde darüber nachdenken.«

Er sah sehr erleichtert aus.

»Natürlich. Meldest du dich bei mir?«

Sie nahm einen Schluck vom Kaffee, der ihr beiläufig gebracht worden war.

»Ja, ich werde dich anrufen. Komm, genießen wir noch den Kaffee und reden über Erfreulicheres. Wie läufts beim Footballtraining mit den Kleinen?«

Sie quatschten noch eine Weile über Deans Hobby als Amateur-Footballcoach für die Kinder in seiner Nachbarschaft, bevor Dean wieder zur Arbeit musste. Zum Abschied umarmten sie sich und gingen getrennte Wege. Grace machte sich auf in Richtung Club. Sie wollte noch in Ruhe etwas Büroarbeit erledigen, bevor ihre Abendschicht begann.

22.

C.J.'s Mutter stand in der Küche und kochte pfannenweise Marmelade.

»Kannst du mir noch ein paar Einmachgläser vom Dachboden holen, mein Junge?«

C.J. wechselte gerade eine Glühbirne im Gang des oberen Stockwerks aus.

»Immer noch Angst vor Mäusen, Mom?«, gab er kopfschüttelnd zurück.

»Du weißt, der Dachboden ist nichts für mich. Dieser Raum ist mir nicht geheuer«, rief sie aus der Küche.

»Sobald ich hier fertig bin, hole ich sie dir.«

Er drehte die Birne ganz in die Fassung, stieg die Leiter hinunter und drückte auf den Lichtschalter.

»Es werde Licht«, sagte er zu sich selber und klappte zufrieden die Leiter zusammen. Die Klappe zum Dachboden musste mit einem Haken nach unten gezogen werden. Er merkte schon beim Öffnen, dass schon eine halbe Ewigkeit niemand mehr diesen Dachboden betreten hatte. Nachdem er die Treppe heruntergezogen hatte, stieg er hinauf und zog an einer Schnur, welche die Glühbirne an der Decke zum Leuchten brachte.

»Wo sind die Gläser?«, rief er seiner Mutter zu.

»Ich glaube, dein Vater hatte sie immer in der rechten Ecke verstaut. Neben dem Regal mit seiner Army-Ausrüstung.«

C.J. versuchte aufrecht zu stehen, stieß sich aber den Kopf an einem der Dachbalken.

Früher kam mir dieser Raum viel größer vor, dachte er, doch auch er war viele, viele Jahre nicht mehr hier oben gewesen, und wenn, dann nur kurz, da sein Vater nicht wollte, dass er hier oben spielte. Er versuchte die Spinnweben zu ignorieren und ging gleich rechts zum Regal. Das Material, welches sich all die Jahre hier oben angesammelt hatte, war ziemlich unordentlich in Kisten verstaut. Er musste einige davon umstellen, damit er zu den Gläsern gelangen konnte. Winterkleider, Fußballschuhe, sogar Skier lagen herum. Eine Kiste war voll mit alten Decken, eine andere gefüllt mit Fotoalben.

»Ah, meine Spielzeugtruhe!«

Er wischte mit der Handfläche über die Staubschicht auf der Truhe und putzte sie danach an seinen Jeans ab. Es kitzelte ihn in der Nase.

»Ha, ha, haaaatschi! Ah, dieser Staub.«

Es war eine große, aus Holz gefertigte Spielzeugtruhe. Früher hatte er sich darin verstecken können, aber das war wohl nun mit seiner Körpergröße von 1.90 m nicht mehr möglich. Er setzte sich hin, öffnete den Deckel und schnappte sich das erstbeste Spielzeug. Seine Hulk-Actionfigur starrte ihn grimmig an.

Du bist auch nicht mehr so grün wie früher. Nachdem er sie eine Weile begutachtet hatte, legte er sie wieder hinein. Für einen Augenblick schwelgte er in Erinnerungen an seine Kindheit und räumte ein Spielzeug nach dem anderen aus. Fast am Kistenboden angelangt, entdeckte er eine kleine, braune Kartonkiste mit der Aufschrift: *Sue's Things.*

Sue, Susan. Das war doch der Name seiner leiblichen Mutter? Er hob die Kiste aus der Spielzeugtruhe. Der Arm der Hulk Figur musste als Messerersatz herhalten, um den Klebestreifen, der die Kiste zuhielt, aufzubekommen. Als er die Kiste offen vor sich hatte, wurde es ihm etwas mulmig in der Magengegend. Lagen da wirklich Dinge seiner Mutter vor ihm? Er griff nach einem ganz schlichten, mit handgezeichneten Mustern verzierten Buch und öffnete es.

Liebes Tagebuch
Heute durfte ich mit meiner Freundin Laney draußen spielen. Es war ein toller Tag. Wir haben Limonade

getrunken und Eis gegessen.

Das Buch war nur mit einem Jahr datiert.
Da musste meine Mutter ... 6 Jahre alt gewesen sein,
dachte er und blätterte durch das Tagebuch, danach legte er es neben sich auf den Boden. Er ließ den Blick durch die Kiste schweifen. Es lagen mehrere Bücher darin, ein kleiner Teddybär und ein Umschlag. Er packte sich das nächste Buch, ein braunes, ledergebundenes. Seine Finger strichen über die Zahlen auf der ersten Seite. 1980 Er rechnete kurz. Das Tagebuch stammte aus der Zeit, als Sue 19 Jahre gewesen alt war. Der Geruch des Leders stieg ihm in die Nase, als er es durchblätterte und wahllos auf einer Seite zu lesen begann.

Liebes Tagebuch
Ich werde heute mit Vic essen gehen. Er hat mich zu einem Date eingeladen. Er ist süß, charmant, aber auch ein echter Kerl. Und diese Augen, der Wahnsinn! Ich habe ihn vor einigen Wochen in der Bar kennengelernt, als wir unseren Mädelsabend hatten. Vic kam einfach an unseren Tisch und bat mich um meine Telefonnummer. Als er vorgestern anrief, ging natürlich Dad ans Telefon und hat ihn mit Fragen gelöchert. Ich bin froh, hat er Vic nicht gleich vergrault. Oh Mann, ich muss endlich von Zuhause ausziehen.
Laney hat nun eine kleine Wohnung in der Nähe des

Delano Parks. Sie meinte, wir könnten ja eine Wohnge-
meinschaft bilden, um die Miete zu teilen. Doch zuerst
muss ich es Mom und Dad beibringen. Toll, das wird
ein Brocken ...
So und nun das Wichtigste: Was soll ich nur anziehen?

C.J. schloss das Tagebuch und legte es mit dem
anderen wieder in die Kiste. Plötzlich stieg Wut
in ihm hoch. Wieso hatten ihm seine Eltern diese
Kiste vorenthalten?

»Hast du die Einmachgläser gefunden, mein
Schatz?«
»Nein, ja, ich meine, was soll das?«
C.J. warf seiner Mutter die Kiste auf den Kü-
chentisch, an dem sie gerade Kartoffeln schälte.
»Was ist das?«
Sie putzte sich die Hände an ihrer Küchenschür-
ze ab und griff instinktiv nach ihrer Lesebrille,
bevor sie die Kiste öffnete.
»Tagebücher meiner leiblichen Mutter. Ich habe
sie auf dem Dachboden gefunden. Wieso habt
ihr sie mir nie gegeben?«, entgegnete er wütend.
»Ich kenne diese Bücher nicht. Diese Kiste habe
ich noch nie gesehen.«
Sie nahm das oberste ledergebundene Buch her-
aus und blätterte es durch.
C.J. sah sie verwundert an.
»Du wusstest nichts davon? Aber wie kommen

die hierher?«

Sie schauten einander an und ihnen ging derselbe Gedanke durch den Kopf. *Dad*. Er musste sie auf dem Boden verstaut haben.

»Aber wieso hat sie Dad vor mir versteckt? Ich hätte schon so viel früher etwas über meine Eltern erfahren können.«

»Vielleicht hatte er Angst davor«, sagte Dorothee und legte ihre Brille wieder auf den Tisch.

»Clark, du wolltest all die Jahre nichts von deinen leiblichen Eltern wissen. Erst als Martin … Du hast dich erst danach für sie interessiert. Wir hatten in deiner Kindheit immer Angst davor, dass du Fragen stellst, die wir dir nicht beantworten können. Oder dass du uns verlassen würdest, wenn du sie findest. Aber als du das nicht gemacht hast, dachte Martin vielleicht, dass es so besser für dich ist.«

Sie strich über das Lederbuch.

»Ja, so wie ich deinen Vater kenne, hatte er Angst, dich zu verlieren.«

»Aber ich hätte euch doch nie verlassen!«

C.J. seufzte und griff nach dem Teddybären, der ihn aus der Kiste freundlich anlächelte, und zupfte an seinem Fell herum.

»Das weiß ich doch, mein Lieber. Dein Vater hat dich so geliebt. Er wollte dir sicher nicht wehtun.«

»Und ich dachte, das Einzige was ich von meinen Eltern besitze, wäre diese Uhr. Und jetzt …«

Er griff an sein Handgelenk und beäugte seine

Armbanduhr. Das Lederband war schon ziemlich rissig und rau und auch das Glas hatte durch das ewige Tragen einige Kratzer abbekommen. Doch das Ziffernblatt sah aus wie neu und funkelte hellviolett, als er seine Hand hin und her wippte. »Die trägst du seit deinem 10. Lebensjahr, Tag und Nacht.« Dorothee lächelte und betrachtete die Uhr. »Erinnerst du dich, wie dein Vater die Uhr für dich machen ließ? Ich weiß noch, er wollte unbedingt, dass du etwas von deinen Eltern bei dir trägst. Er nahm den Stein und ging zum Uhrmacher, um ein Ziffernblatt schleifen zu lassen.«

»Stein?« Er blickte sie fragend an.

»Ja, das Zifferblatt. Dieser Stein war doch bei deinen Adoptionsunterlagen dabei. Oh...«, Dorothee brach ab. »Das wusstest du ja gar nicht. Dafür warst du ja noch zu klein. Die Mitarbeiterin der Adoptionsfirma gab uns die Dokumente in einem Umschlag mit, Geburtsurkunde und so weiter. Den Papierkram erledigte immer Martin. Diese Dame sagte ihm damals, dass es das einzige war, das deine Mutter bei deiner Geburt im Krankenhaus bei sich trug. Sie hielt den Stein anscheinend fest in den Händen. Dein leiblicher Vater wollte, dass du ihn bekommst. Keine Ahnung welche Bedeutung er hat. Vielleicht befasste sie sich mit Steinheilkunde?«, sagte Dorothee mehr zu sich selbst und griff nach der Hand ihres Sohnes. »Tut mir leid, mein Schatz. Ich wünschte, dein Vater wäre hier und könnte uns sagen, was er sich dabei gedacht hat. Aber eines weiß ich gewiss, er hatte immer gute Absichten. Das weißt du doch, oder?«

C.J. wusste das. Er war alles für ihn gewesen. Schon als kleiner Junge hatte er sich damit abgefunden, nie alle seine Fragen beantworten zu können. Aber nun würde er vielleicht die eine oder andere Antwort doch noch finden.

Er blickte erneut auf seine Uhr und strich versöhnlich über das Glas.

»Möchtest du etwas essen?« Dorothee stand in der Terrassentür und blickte C.J. fragend an. Er hatte sich seit Stunden nicht von seinem Sessel auf der Terrasse bewegt und las die Bücher durch.

»Nein danke, Mom«, entgegnete er gedankenversunken. Die Sonne ging unter und sie schaltete das Licht auf der Terrasse ein.

»Hör zu, in der Kiste lag auch ein Brief, von einem gewissen Dr. Gregory O'Brian. Adressiert an Martin Nolan, an Dad. Mom, dieser O'Brian war mein leiblicher Vater. Ich habe all die Jahre nach einem falschen Namen gesucht. Ich dachte, der Name sei Dunlevy, aber anscheinend war das der Mädchenname meiner Mutter.«

Er überreichte ihr den Brief. Dorothee wurde es mulmig bei dem Gedanken, als ihr bewusst wurde, dass ihr Mann ihr all diese Dinge verheimlicht hatte, und fing an die Worte auf dem leicht vergilbten Papier zu lesen.

Sehr geehrter Herr Nolan

Mir ist bewusst, dass es nicht üblich ist, mit den Adoptiveltern seines Kindes in Kontakt zu treten, jedoch muss ich Ihnen etwas über unsere Familiengeschichte erzählen. Meine geliebte Frau Susan ist nicht während der Geburt von Clark gestorben. Sie starb noch zu Hause an einem Herzstillstand. Clark konnte jedoch in letzter Sekunde per Kaiserschnitt entbunden werden, bevor er Schäden davontrug. Ich konnte ihn nicht bei mir behalten, nicht, nachdem meine Frau gestorben war. Ich wollte nur das Beste für ihn, doch das konnte ich ihm nicht mehr bieten, ich hatte einfach nicht die Kraft dazu.

Sie müssen wissen, Susan wurde von ihrem ehemaligen Geliebten tyrannisiert und verfolgt. Er wollte damals nicht wahrhaben, dass die Beziehung beendet war und Clark nicht sein Sohn ist. Mittlerweile bin ich mir auch nicht mehr sicher, ob ich wirklich der leibliche Vater bin, aber das ist nun auch nicht mehr wichtig, denn er hat jetzt eine Familie, die ihn liebt und ihn wohlbehütet aufwachsen lässt.

Dafür danke ich Ihnen zutiefst. Den beigelegten Edelstein hatte meine Frau in der Hand, als man sie fand. Ich möchte, dass Clark ihn erhält, damit er weiß, wie sehr sich Susanne auf ihn freute und ihn liebte.

Mister Nolan, ich bitte Sie, geben sie auf meinen Sohn acht. Der Tod meiner Frau wurde als natürlich erklärt, aber tief im Innern bin ich mir sicher, dass ihr Ehemaliger seine Finger im Spiel hatte. Aber ich konnte ihm nie etwas nachweisen. Nach Susans Tod verschwand er aus Decatur und ich habe ihn nie wiedergesehen. Sein Name ist Victor Crawford. Sollte er Ihnen irgendwann begegnen, bitte ich Sie inständig, ihn nicht in die Nähe unseres Sohnes zu lassen.

Ich danke Ihnen von ganzem Herzen, dass Sie meinem Sohn ein guter Vater sind, ihm ein behütetes Leben bieten und ihn beschützen. Ich wünsche Ihnen und Ihrer Frau nur das Beste. Mit freundlichen Grüßen
Dr. Gregory O'Brian

Dorothee schaute vom Brief auf und sah C.J. fassungslos an.

»Du meine Güte, langsam wird es mir zu viel.«

Sie musste sich setzen, da sich ihre Beine wackelig anfühlten.

»Der Brief ist von 1999. Damals hat mir Dad die Armbanduhr geschenkt. Der Stein war nicht bei den Adoptionsakten, Dad hat ihn mit diesen Büchern zugeschickt bekommen.«

C.J. rieb sich in den Augen.

»Auf dem Umschlag steht die Adresse von Dr. O'Brian. Er wohnt in Florence. Nicht weit von Decatur entfernt.«

»Was willst du damit sagen?«, fragte sie, obwohl sie die Antwort schon wusste.

»Ich werde ihn besuchen«, erwiderte er. »Doch vorher lese ich noch die restlichen Tagebücher. Ich habe bisher schon einiges herausgefunden.«

Dorothee konnte C.J. doch noch zum Essen überreden. Sie saßen gemeinsam am Küchentisch und aßen den Kartoffelauflauf und tranken dazu einen Cabernet Sauvignon. C.J. konnte nicht mehr aufhören zu erzählen, was er schon alles in den Tagebüchern gelesen hatte. Sie hörte konzentriert zu, obwohl es ihr unangenehm war, so viele Details über seine leibliche Mutter zu erfahren. Aber sie merkte, wie wichtig es ihm war.
»Während sie sich mit diesem Vic traf, arbeitete sie in einem Bücherladen. Anscheinend war sie eine richtige Leseratte.«
Er schluckte den letzten Bissen herunter.
»Dieser Vic war Mechaniker bei einer Tankstelle in der Gegend. Sie wurden ein Paar und sie schrieb auch schon darüber, mit ihm zusammenzuziehen. Das ist alles, was ich bis jetzt gelesen habe. In den älteren Tagebüchern schreibt sie viel über Arztbesuche und über einer Krankheit, die sie behandeln ließ. Irgendein Syndrom.«
»Was denn für ein Syndrom?«, fragte sie ihn und nahm einen Schluck Wein.
»Ehm, Moment«, sagte er und blätterte in einem der Bücher. »Das Charcot-Wilbrand-Syndrom. Sie schreibt nur, dass sie täglich einen Tee trinken muss und Tabletten schluckt. Aber näher

geht sie bis jetzt nicht darauf ein.«

Dorothee nahm das Buch, das am Nächsten bei ihr lag und öffnete es.

»Ich kann dir vielleicht helfen bei der Recherche. Willst du an meinen Laptop? Vielleicht findest du etwas über diese Krankheit im Internet?«

»Gute Idee. Mein Handy hat den Geist aufgegeben.«

C.J. holte den Laptop aus Martins altem Arbeitszimmer – es sah noch genauso aus wie vor seinem Tod – und stellte ihn auf den Tisch. Währenddessen räumte Dorothee das Geschirr beiseite und schenkte noch etwas Wein nach.

»Ah, da hab ich's schon. Das Chargot-Wilbrand-Syndrom.«

Er las seiner Mutter laut vor, was auf der Wikipedia-Seite stand.

»Das Charcot-Wilbrand-Syndrom (CWS) bezeichnet den Traumverlust infolge einer lokalen Hirnschädigung. Die Bezeichnung geht zurück auf Jean-Martin Charcot (1825–1893) und Hermann Wilbrand (1851–1935), die 1883 bzw. 1887 Patienten beschrieben, die die Fähigkeit zu träumen, bzw. sich an Träume zu erinnern, verloren hatten.

Hirnschädigung...«, dachte er laut.

»Schrieb sie nicht etwas von einem Reitunfall mit 17?«, fragte Dorothee.

»Du hast Recht, hier müsste es drinstehen«, erwiderte er und nahm eines der Bücher in die Hand.

»Da, genau. Sie fiel vom Pferd und musste mit dem Krankenwagen in die Notaufnahme. Denkst du, das könnte die Hirnschädigung hervorgerufen haben?«

»Möglich wär's. Muss komisch sein, nicht träumen zu können. Aber anscheinend haben ihr die Tabletten geholfen, so wie sie geschrieben hat. Oder?«

»Ja, diese Behandlung war noch in einer Testphase und sie konnte an einer Studie teilnehmen. Wie nannte sie den Tee gleich?« Wieder blätterte er in den Büchern. »*Silene Capensis*, ja genau«, sagte er und gab die Worte gleich bei Google ein.

Silene Capensis, auch Afrikanische Traumwurzel genannt, ist eine Pflanzenart, die zur Familie der Nelkengewächse gehört. Schamanen und Heiler der Xhosa betrachten die Pflanze als medizinische Wurzel, die sie zu Heil- und Wahrsagezwecken benutzen. Für die Schamanen der Xhosa ist die Wurzel ein Mittel, durch prophetische Träume mit seinen Vorfahren in Verbindung zu treten, um eine Antwort auf Fragen oder Krankheitsursachen zu erhalten. Ähnlich wie das Aztekische Traumkraut, verbessert die Wurzel die Anzahl der Träume und die Traumerinnerung. Viele beschreiben, dass durch den Konsum die Träume besonders lebhaft und farbenfroh ausgefallen sind. Bereits im Wachzu-

stand können Farben und Gerüche intensiver wahrge-
nommen werden und man kann seine Gedanken besser
ordnen.

C.J. las den Bericht seiner Mutter vor.

»Das ergibt Sinn. Wenn die Einnahme dieser Wurzel solche Auswirkungen auf Träume hat, könnte es für Susan vielleicht geholfen haben«, sagte er und klickte noch weitere Internetseiten an.

»Du wirst es sicher noch erfahren, wenn du die restlichen Bücher liest.«

Er hob gedankenverloren den Laptop auf, damit Dorothee mit ihrem rosafarbenen Putzlappen den Tisch abwischen konnte.

»Ist doch spannend, Detektiv zu spielen, findest du nicht auch?«

»Naja, wenn du meinst. Nimmst du noch einen Kaffee mit mir?«, fragte sie und holte zwei Tassen aus dem Schrank, bevor sie die Antwort wusste.

»Sehr gerne.«

Draußen war es mittlerweile stockdunkel geworden und die Backofenuhr teilte ihnen mit, dass es kurz vor Mitternacht war.

»Mom, kann ich hier übernachten? Es ist schon spät geworden und ich möchte noch etwas in den Tagebüchern lesen.«

»Natürlich, mein Junge. Ich hole dir gleich das Bettzeug heraus. Couch oder Gästebett?«

So, wie sie ihn kannte, wusste sie die Antwort

schon.

Nach ihrem gemeinsamen Kaffee verabschiedete sich seine Mutter von ihm mit einem Kuss auf die Stirn, stieg die Treppen hoch und verschwand im Schlafzimmer. C.J. machte es sich auf der großen, braunen und schon ziemlich durchgesessenen Couch gemütlich. Aus dem alten Radio, das auf der antiken Nussbaumkommode stand, dudelte Countrymusik. Er schnappte sich das nächste Tagebuch von Susanne und legte seine Füße auf den Couchtisch.

Die Zeit verging wie im Flug, während er las, und als seine Mutter plötzlich neben ihm stand, schrak er auf und stellte seine Füße hastig auf den Boden.
»Hast du überhaupt geschlafen, Clark?«
Er rieb sich müde in den Augen.
»Nein, ich konnte die Bücher nicht weglegen. Wieviel Uhr haben wir denn?«, fragte er eher sich selber und blickte auf sein linkes Handgelenk. »Schon sieben Uhr? Du meine Güte.«
Dorothee schlurfte in die Küche.
»Ich mache dir erstmal einen starken Kaffee. Hast du noch etwas über deine Mutter in Erfahrung gebracht?«, fragte sie ihn.
Er kam zu ihr in die Küche und wusch sich mit kaltem Wasser am Waschbecken das Gesicht, in der Hoffnung, seine Müdigkeit den Abfluss hi-

nunterspülen zu können. Für einen kurzen Moment fühlte er sich erfrischt und hellwach, doch das Gefühl war nur von kurzer Dauer.

»Ja, so einiges. Ich habe alle Bücher gelesen, ihre ganze Kindheit, die Jugendzeit bis zu ihrem …« Er konnte den Satz nicht beenden. Nachdem er all ihre Tagebücher gelesen hatte, fühlte er sich sehr mit ihr verbunden. Die Gewissheit darüber, seine leibliche Mutter nie kennenlernen zu dürfen, stimmte ihn plötzlich sehr traurig.

»Sie hätte dich sicher auch gerne kennengelernt«, sagte Dorothee, als hätte sie seine Gedanken gelesen, und legte ihm tröstend ihre Hand auf die Schulter.

»Ja, das denke ich auch.« C.J. seufzte. »In ihrem letzten Tagebuch schrieb sie über die Trennung von diesem Vic. Er fing an, sie zu schlagen und sie musste aufgrund ihrer Verletzungen ins Krankenhaus fahren. Dort lernte sie meinen Vater kennen. Er war ihr behandelnder Arzt. Danach wurde sie mit mir schwanger und sie heirateten. Diesen Victor erwähnte sie immer wieder, er verfolgte und tyrannisierte sie immer wieder mit Telefonaten, Briefen und stand nächtelang bei ihnen im Vorgarten. Ein richtiger Stalker. Anscheinend mussten sie immer wieder die Polizei rufen, doch die konnten ihm nichts anlasten.« Dorothee hörte ihm interessiert zu.

»Sie schrieb hier … Moment, wo war das noch?«, er suchte die Stelle und las laut vor. »Da: *Greg*

will, dass ich Anzeige erstatte, doch ich habe Angst da-
vor. Vic wird durchdrehen und etwas Unüberlegtes tun,
da bin ich mir sicher. Ich will doch mein Baby nicht in
Gefahr bringen. Ich muss immer wieder an die Hellse-
herin denken. Sie hatte so recht ...«

»Hellseherin?«, fragte seine Mutter und setzte
sich an den Tisch.

»Ja, als sie noch zusammen waren, waren Vic
und sie auf einem Jahrmarkt in Decatur. Dort
besuchte sie eine Hellseherin. Diese Maggie, die
sie hier erwähnt, warnte sie vor Victor und sie
solle sich von ihm trennen. Er sei böse und nicht
gut für sie.«

»Und das war, bevor er sie zu schlagen anfing?«
C.J. nahm einen Schluck Kaffee.

»Ja, einige Monate vorher.«

»Ziemlich gruselig, findest du nicht auch?« Dorothee hatte mit Übersinnlichem noch nie viel
anfangen können, doch dieser Zufall ließ sie innerlich erschaudern.

»Das Tagebuch endet drei Tage vor meiner Geburt.« Er schloss das Buch und blickte auf.

»Mom, ich muss nach Florence. Ich will meinen
Vater finden. Ich habe so viele Fragen, die ich
ihm stellen muss.«

»Das verstehe ich«, sagte sie leise.

Nachdem er zu Hause angekommen war, nahm
er seine große Sporttasche hervor und packte
nebst dem Brief von Gregory O'Brian ein paar

Kleider, eine Zahnbürste und seinen Pass ein. Währenddessen telefonierte er mit seinem Boss bei der Futuremile und dem Uni-Sekretariat, um sich aus familiären Gründen einige Tage abzumelden. Er könnte noch heute Abend in Florence sein, dachte er, als er die Tür hinter sich abschloss.

23.

*D*as Flugzeug landete planmäßig auf dem Huntsville Flughafen in Alabama. C.J. gönnte sich für die Fahrt nach Florence einen sportlichen Mietwagen mit offenem Dach. Die gute Stunde nach Florence fuhr er in einem Stück durch. Er parkte den Wagen vor dem Mehrfamilienhaus, in dem sein Vater den Brief abgeschickt hatte, und stieg aus.

Sein Hemd klebte schweißnass an seinem Rücken. Die Herbstsonne prallte vom Himmel herab. Obwohl es schon 18.00 Uhr war, zeigte das Thermometer 32 Grad an. Er leerte die Wasserflasche, die er sich am Flughafen noch gekauft hatte, in einem Zug und warf sie auf den Rücksitz. Müde, aber nervös, trat er vor die Tür des Hauses. Bei keiner der Türklingeln stand der Name seines Vaters.

Bin ich hier falsch? fragte er sich und kontrollierte nochmals die Hausnummer. 243, die Nummer stimmte. Etwas entmutigt drückte er neben dem obersten Namen die Türklingel. Das Summen der Tür teilte ihm mit, dass er eintreten konnte.

»Ja?« hörte er durch das Treppenhaus.

»Miss, ehm, Miss Redford?«, fragte er, während er die Treppen hochstieg.

»Ja. Was ist?«

Oben angekommen stand er vor einer zierlichen alten Dame mit grauen langen Haaren, die sie zu einem Dutt hochgebunden hatte. Ihr buckliger Rücken erlaubte ihr nicht mehr aufrecht zu stehen und es bereitete ihr Mühe, C.J. in die Augen zu sehen. Er bückte sich etwas nach vorne, um ihr den Blickkontakt zu erleichtern.

»Hallo, mein Name ist C.J., ich meine, Clark Nolan. Ich bin auf der Suche nach Gregory O'Brian. Wohnt er hier in diesem Haus?«

»Oh. Ja. Das hat er, ja«, stammelte die alte Dame. »Aber er ist vor einem Monat leider verstorben.«

C.J. wurde es kurz schwindelig. Sein Vater war tot? Als er wieder in der Lage war, klare Gedanken zu fassen, fragte er: »Können Sie mir sagen, wie er gestorben ist?«

»Ja, die Sanitäter sagten, sein Herz habe einfach aufgehört zu schlagen. Friedlich eingeschlafen sei er. Schöner Tod, nicht wahr? So etwas wünscht man sich in unserem Alter.«

Miss Redford legte eine Hand auf ihre Brust.

»Kannten Sie ihn gut?«, fragte sie und lehnte sich mit ihrem Körpergewicht auf ihren Gehstock.

»Nein, eigentlich nicht. Aber ich bin mir sicher, dass er mein Vater war.«

»Ach du meine Güte. Das tut mir aber leid.«

Er sah ehrliches Bedauern in ihren Augen.

»Möchten Sie in seine Wohnung? Es stehen noch Kisten von ihm rum. Wir wussten nicht, wohin damit, da wir keine Verwandten gefunden haben, und wollten alles schon weggeben. Die Wohnung wird bald renoviert. Ich habe die Schlüssel zu jeder Wohnung. Bin die Hauswartin hier.«

Kurz überlegte er, wie die Dame in ihrem Zustand dieses Haus noch warten konnte, doch er war froh, die richtige Türklingel erwischt zu haben.

Die Wohnung war sehr klein und spärlich eingerichtet. Das meiste von O'Brians Habseligkeiten war schon zum Abtransport in Kisten eingepackt worden. Er öffnete einen der aufgestapelten Umzugskartons. Gleich zuoberst lag ein Foto. Auf dem Bild war ein attraktiver Mann, etwa um die 35, zusammen mit einer sehr hübschen Frau zu sehen. Der Mann umarmte sie von Hinten und beide lächelten glücklich in die Kamera. *Mom und Dad,* dachte er, während ihm unvermittelt Tränen in die Augen schossen.

Er legte das Bild zurück in die Kiste und nahm behutsam das nächste in die Hand. Es zeigte ein Babyfoto. Allem Anschein nach war es im Krankenhaus aufgenommen worden.

»Diese Bilder standen hier auf dem Kamin.«

Miss Redfords Stimme durchbrach die Stille.

C.J. konnte kaum noch atmen. Seine Lunge lechzte nach frischer Luft.

»Ich danke Ihnen, Miss Redford. Ich werde veranlassen, dass die Kisten in den nächsten Tagen abgeholt werden.«

»Das wäre toll. Danke.«

Nachdem er sich von der netten und sehr hilfsbereiten Dame verabschiedet hatte, blieb er einen Moment unten auf der Straße stehen, in der rechten Hand das Foto seiner Eltern. Nach ein paar tiefen Atemzügen fühlte er sich wieder besser. Es war an der Zeit, ein Hotelzimmer zu suchen. Heute würde er keinen Flug mehr nach Chicago erwischen. Das nächste Motel war ganz in der Nähe. Nach wenigen Minuten Fahrt bog er ab und parkte vor dem Eingang.

»Bin gleich bei Ihnen«, rief der Motelbesitzer aus seinem Büro, als C.J. die Tischklingel auf der Rezeptionstheke schellen ließ.

»Kein Problem«, gab C.J. zurück und wandte sich dem Anschlagbrett zu, welches links neben ihm an der Wand hing.

Eine Vermisstenanzeige hing mitten am Brett. Die Urheber hatten einen Finderlohn ausgesetzt und deutlich klargemacht, wie sehr sie ihr geliebtes Kätzchen Lucy vermissten. Daneben bot ein Farmer von außerhalb einige Geräte zum Verkauf an. Sein Blick schweifte weiter über das Brett, als ihm ein knallbunter Flyer auffiel.

Morgan County Fair - Decatur
20. September – 29. September 2020
Wir freuen uns auf Ihren
Besuch!

»Morgan County Fair«, las C.J. laut vor.

»Ja, die sind noch bis Freitag in der Stadt«, hörte er den Motelbesitzer sagen, als er aus seinem Büro hervortrat.

»Oh, danke«.

Der dickliche, kleine Mann erinnerte C.J. an Homer Simpson. Sein weißes Shirt war übersät mit Flecken und die Glatze glänzte im Licht der geschmacklosen Glühbirne, die über der Theke hing.

»Entschuldigen Sie, dann habe ich Sie umsonst belästigt.« C.J. war schon fast aus der Tür heraus.

»Ich muss noch was erledigen.«

Der Motelbesitzer kratzte sich an seinem kahlen Hinterkopf und schlurfte zurück in sein Büro.

Unterwegs nach Decatur schüttelte er über sich selber den Kopf. Was erhoffte er sich denn auf dem Jahrmarkt zu finden? Aber er musste seiner letzten noch verbleibenden Spur nachgehen, bevor er den Nachhauseweg in Angriff nahm. Außerhalb von Florence machte er einen kurzen Halt an einer Tankstelle, um den Wagen zu tanken. Der fehlende Schlaf machte sich langsam bemerkbar und ihn überkam eine lähmende Müdigkeit, die er mit einem starken Kaffee abzuschütteln versuchte. Decatur war nur noch etwa 50 Autominuten entfernt. Kurz vor zehn kam er am Jahrmarkt an.

»Wie lange ist geöffnet?«, fragte er den Kassierer, der in seinem Häuschen am Eingang des Marktes saß.

»Noch bis um Mitternacht.«

Der Kassierer reichte ihm das Ticket und widmete sich den Geldscheinen, die ihm C.J. entgegenstreckte.

Planlos lief er über das Areal und ließ sich von den blinkenden Lichtern und der durchmischten Lärmkulisse berieseln. Kinder liefen mit riesigen Teddybären an ihm vorbei, gefolgt von ihren Eltern. Am Schießstand versuchte ein junger Mann seine Begleiterin mit seinen Schießkünsten zu beeindrucken. Nach einer Weile blieb er in der Nähe des Riesenrads stehen und schaute zu, wie es sich hell leuchtend und sehr gemächlich vor dem dunklen Himmel drehte. Durch das viele Kunstlicht, welches den Jahrmarkt erleuchtete, konnte man am wolkenlosen Himmel außer der Venus und dem Mond keine Sterne sehen. Er hatte keine Ahnung, was er hier wollte. Entmutigt und erschöpft drehte er sich um Richtung Ausgang.

Das violette Zelt lag direkt vor ihm. Er las die

Inschrift auf der Tafel, welche golden umrahmt
war.

HELLSEHERIN MAGGIE
Trete hinein und wage den Blick in
deine Zukunft

»Das gibt's doch nicht«, murmelte er vor sich hin
und las es nochmals. Er konnte nicht glauben,
was er da sah. Er trat etwas näher an das Zelt und
strich mit der Hand über das violette Stoffzelt,
als müsse er sich beweisen, keine Einbildung vor
sich zu haben.
»Clark? Nun komm schon rein.«
Völlig erschrocken drehte er sich zum Eingang.
Die Stimme kam aus dem Inneren des Zeltes.
Etwas zögerlich ging er zum Eingang, zwischen
zwei Fackeln hindurch, die dunkelviolett loderten.
Sein Blick wanderte durch das Zelt. Gläser, Ge-
würze, Holzfiguren aus verschieden Kulturen,
Traumfänger, sogar eine Voodoo Puppe entdeckte er. Er drehte sich um, als plötzlich eine Gestalt
hinter ihm stand.
»Ach du meine Sch…«
»Hier wird nicht geflucht, mein Hübscher«, un-

terbrach ihn die Gestalt. Sie trat näher, nun konnte C.J. die alte Frau im violetten Morgenmantel genauer betrachten. Jede ihrer Bewegungen war wackelig und unsicher. Sie musste sich an einem der Stühle, die in der Mitte des Zeltes um einen runden Tisch standen, festhalten, um nicht umzukippen. Ihre Haut wirkte grau und blass und ihre Hände zitterten, als sie ihn auf einen der Stühle wies.

»Nimm Platz, Clark. Nimm Platz.«

»Woher wissen Sie meinen Namen?«

»Ach, mein Hübscher, ich weiß so einiges.«

Als sie sich umständlich auf ihren Stuhl setzte, tat er es ihr gleich und nahm ihr gegenüber Platz.

»Hmmmh«, sie packte seine Hand und hielt sie mit überraschender Kraft fest.

»Clark Dunlevy, nicht wahr?«

»Nicht ganz, eigentlich heiße ich Clark Nolan«

»Oh«, entgegnete sie etwas verwirrt.

»Dunlevy war der Mädchenname meiner Mutter. Ich … ich wurde nach ihrem Tod adoptiert.«

Wieso erzähle ich ihr das? Und was mache ich eigentlich hier? fragte er sich.

»Du bist hier, um Antworten zu finden.«

Die Frau schmunzelte und ihre Augen wurden zu zwei Schlitzen. C.J. hätte schwören können, in violette Augen zu blicken.

Kann sie etwa Gedanken lesen?

»Ja, manchmal schon.«

»Ach du...«

»Nein! Ich sagte schon, keine Flüche in meinem Heim!«, entgegnete sie ihm bissig. »Du willst Antworten? Ich kann sie dir geben. Hast du das Amulett bei dir, mein Hübscher?«

»Amulett? Welches Amulett?«

»Das Amulett, welches ich damals deiner Mutter gegeben habe. Sie sollte es dir weitergeben. Hat sie das etwa nicht?«, fragte ihn Maggie etwas verunsichert.

»Das konnte sie nicht, sie ist bei meiner Geburt gestorben.«

C.J. wurde es heiß und er fühlte, wie sich Schweißperlen auf seiner Stirn bildeten.

»Aber ich fühle seine Gegenwart … Hmmhhhhh.« Sie raunte und wippte hin und her.

»Hier!«

Sie schloss ihre Hand fest um sein Handgelenk.

»Meine Uhr?«, fragte er erstaunt.

»Deine Uhr … hmmmh.«

Sie betrachtete die Uhr und drehte sein Handgelenk hin und her.

»Das Ziffernblatt, es besteht aus einem Teil des Amulettes. Wo hast du sie her?«

»Mein Vater hat sie …« Seine Stimme geriet ins Stocken.

»Ja, das ist mit absoluter Sicherheit mein Edelstein. Aber wo ist der Rest?«, fragte sie und lehnte sich zurück in ihren Stuhl.

»Keine Ahnung«, antwortete er ihr wahrheitsgetreu.

»Lass mich deine Zukunft sehen.«

Sie packte abermals seine Hand, drehte die Handfläche nach oben. Ihr Blick versteinerte sich.

»Ohhh ja, du hast die Möglichkeit, es zu beenden.«

»Beenden? Was beenden? Wovon reden Sie?«

»Ich werde dir jetzt eine Geschichte erzählen, mein Hübscher. Damals, vor 32 Jahren, kam deine Mutter zu mir und saß auf demselben Stuhl wie du gerade. Ich fühlte ihre Gegenwart schon, bevor sie mich besuchte. Aber vor allem spürte ich die Aura ihres Freundes. Sie standen vor dem Eingang und redeten miteinander. Ich habe seine Bosheit gespürt. Diese Dunkelheit, die durch seine Adern floss, kroch förmlich durch die Zeltritzen. Ich sah die grausamen Taten, die er begehen würde. Verbrechen, die nie passieren dürften. Ich sah tote Frauen, junge, hübsche Frauen. Ich sah nicht, wie er das genau anstellte, aber er brachte diese Frauen in der Traumwelt um. Niemals dürfen diese Tore in die Traumwelt für solche Taten geöffnet werden. Niemand sollte diese Fähigkeit besitzen, absolut niemand. Ich wusste, nur der Besitzer dieses Amulettes würde diese furchtbaren Geschehnisse aufhalten können. Als ich die Hand deiner Mutter hielt, sah ich dich als Baby, oooh, du warst ein süßer Wonneproppen.«

Maggie kam ins Schwärmen und lächelte herzlich.

»Ich habe dich als Amulett Träger auserwählt. Das Blut deiner Mutter fließt durch diesen Stein. DEIN Blut fließt durch den Edelstein. Du besitzt die Kraft, es zu beenden. Du MUSST es beenden!«

C.J. war sprachlos. Er wollte das alles nicht glauben. Jede Faser seines Körpers sagte ihm, er solle aufstehen und verschwinden, doch er tat es nicht und hörte ihr schweigend weiter zu.

»Er verfolgt schon sein nächstes Opfer. Du musst bald handeln, Clark. Sonst ist sie verloren. Du hast Tagträume, stimmt's?«

Seine Augen weiteten sich.

»Ja, ich sehe, was du gesehen hast. Das sind nicht nur Träume, mein Guter, es passiert wirklich. Sie wird ohne deine Hilfe sterben.«

»Grace!«, platzte es aus ihm heraus. Mein Gott, er hatte sie bei seiner Suche in die Vergangenheit ganz vergessen. Sie war bestimmt enttäuscht, dass er sich nicht gemeldet hatte. Doch das hatte im Moment keine Bedeutung. Falls sie wirklich in Gefahr war, musste er ihr helfen, egal, wie unwirklich ihm alles vorkam.

»Aber wie?«, fragte er Maggie und beugte sich nach vorne.

»Du musst dich einfach treiben lassen. Lass die Tagträume zu, wenn sie dich besuchen, schlüpfe in sie hinein. Du musst dich aber beeilen. Halte Victor Crawford auf!«

C.J. fiel es wie Schuppen von den Augen. Victor, der Ex seiner Mutter, vor dem Gregory O'Brian seinen Vater gewarnt hatte, hatte denselben Nachnamen wie der behandelnde Arzt von Grace. War etwa er der Mörder, von dem Maggie sprach?

»Ohhh …« Maggie schloss die Augen und wippte wieder hin und her. »Oh mein … Was?!«
Ihre Augen öffneten sich schlagartig und starrten ihn an, C.J. lief es kalt den Rücken hinunter.
»Was haben Sie gesehen?«
»Nichts. Es ist nichts von Bedeutung …«, stammelte sie. »Du musst jetzt gehen. Ich kann dir nicht mehr weiterhelfen. Nun geh!«
Sie stand auf und ihr Gesicht wirkte auf einmal verbittert. Überrascht von Maggies abrupter Stimmungsänderung stand C.J. auf.
»Oh. Okay. Aber …«
»Geh!«, rief sie quietschend. Wortlos und ohne sich noch einmal umzudrehen, ging er hinaus und trat in die kühle Nachtluft.

Maggie drehte sich um und fing bitterlich an zu weinen. Nach all den Jahren sah sie nun endlich die Verbindung. Den Anfang. Sie war es, die im wahrsten Sinne des Wortes den Stein ins Rollen gebracht hatte. *Ich bin an allem schuld,* dachte sie und schluchzte weiter. Die Tränen kullerten ihr über schrumpeliges Gesicht. *Wenn ich damals*

Susan das Amulett nicht gegeben hätte, wäre das alles nicht passiert … Ich bin schuld an den Morden. Ich bin schuld …

Sie ging an ihren Schrank und nahm ein kleines Glasfläschchen aus der obersten Schublade.

Ich bin an allem schuld.

Sie zupfte den winzig kleinen Korken aus dem Fläschchen und hob es an ihre Lippen.

Ich bin dafür verantwortlich.

In einem Schluck leerte sie das Fläschchen und ließ es auf den Boden fallen. Das Gläschen zerbarst in tausend Stücke.

Ich bin schuld. Ich bin schuld daran.

Sie sank langsam zu Boden. Ihr Herz schlug langsamer und langsamer und ihr fiel das Atmen schwerer.

»Ich bin schuld«, hauchte sie mit ihrem letzten Atemzug. Ihr Herz hörte auf zu schlagen.

24.

*G*race brachte zwei Gästen das Bier an die Theke, als Sully fröhlich auf sie zuhopste. Er streckte ihr das Festnetztelefon entgegen.

»Hey, meine Liebe, C.J. ist am Telefon«, sagte er grinsend.

»Ach ja? Sag ihm … Nein, leg einfach auf. Ich habe keine Zeit.«

Sullys Augen weiteten sich vor Verwunderung. Er legte seine Hand auf den Hörer, damit C.J. auf der anderen Seite der Leitung nichts mehr hörte.

»Schätzchen, was ist denn passiert?«

»Ach, ist ja egal.«

Sie wischte vehement mit dem Lappen die über Theke, als müsste sie einen hartnäckigen Flecken entfernen.

»Ach, komm schon. Mir kannst du es doch erzählen.«

»Dann leg zuerst auf«, bat sie ihn.

Sully nahm den Hörer an sein Ohr.

»C.J.? Tut mir leid, aber Grace ist gerade ziemlich beschäftigt. Ciao, bello.«

»Nein! Nicht auflegen! Es ist verdammt wichtig!«, klang es vom anderen Ende der Leitung, doch C. J.s Flehen ging im Lärmpegel des Seventy Nine unter. Sully befolgte ihre Bitte und legte auf.

»Also, hab ihn abgewürgt. Nun erzähl«, forderte er sie neugierig auf.

»Ach, ich weiß auch nicht. Er hat sich nicht mehr bei mir gemeldet. Wir wollten uns eigentlich heute treffen.«

»Du meinst, seit eurem Date am Samstag hast du nichts mehr von ihm gehört?«, fragte er empört und unterstrich seine Worte mit fuchtelnden Händen.

»Ja. Er wollte mich anrufen. Ich habe ihm heute Morgen auf seine Voicemail gesprochen, doch er hat nicht zurückgerufen – bis jetzt.«

Sie wurden kurz von einem Gast unterbrochen, der einen Sex on the Beach und ein Bier bestellte. Als dieser mit seinen Drinks in der Menge verschwand, fragte Sully Grace: »Willst du ihn jetzt zappeln lassen, oder wie? Vielleicht hat er ja eine plausible Erklärung.«

Sie sah ihn mit hochgezogenen Augenbrauen an. Für einen flüchtigen Moment dachte sie an ihren Traum von letzter Nacht. Während sie im Water Tower Place-Einkaufscenter um ihr Leben gerannt war, hatte sie gehofft, irgendwo auf C.J. zu treffen, der ihr aus der Situation half, doch ihre Hoffnung wurde nicht erfüllt. Für eine Sekunde stand sie wieder im gläsernen Fahrstuhl, der gemütlich nach oben fuhr, als sie ihren Verfolger auf der Rolltreppe erblickte, den Lauf seines Gewehres auf sie gerichtet. Obwohl der Attentäter Mund und Nase mit einem schwarzen Tuch vermummt hatte und ein schwarzes Cap auf dem Kopf trug, glaubte sie, ihn von irgendwoher zu kennen. Doch sie kam einfach nicht darauf. Bevor der abgehende Schuss das Glas zerbrach, saß sie kerzengerade und schweißgebadet in ihrem Bett.

»Ich werde mich morgen bei ihm melden. Aber jetzt lass ich ihn noch etwas zappeln.«

»Okay, Schätzchen. Lass ihn zappeln, du hast den Fisch an der Angel.«

Sully warf eine imaginäre Angelrute in ihre Richtung aus und drehte an der Rolle, um sie zu sich zu ziehen.

Grace griff in ihrer Hosentasche nach ihrem Smartphone und sah auf das Display. Sieben Anrufe in Abwesenheit, drei Voicemails und fünf Nachrichten. Ja, sie hatte den Fisch an der Angel, dachte sie und schmunzelte, bevor sie sich ihren nächsten Gästen zuwandte.

Victor stand vor der Bar und spielte mit dem Amulett in seiner Jackentasche.

Ich muss es bald beenden, dachte er. Er konnte sich

noch immer keinen Reim daraus machen, wie sich ein Fremder in seine Angelegenheiten einmischen konnte. Die Gefahr aufzufliegen war aber dadurch zu groß geworden. Er würde sich nächstens nach einer Anderen umsehen müssen. Doch zuerst musste Grace sterben.

Er ging zum Eingang und klopfte Bruce auf die Schulter, um auf sich aufmerksam zu machen.

»Hey, Sir.«

»Ja?« Bruce drehte sich zu ihm um.

»Sind sie auf der Gästeliste?«

»Nein, nein«, entgegnete Victor.

»Ich bin ein Bekannter von Grace Bennett und wollte nur kurz fragen, wann sie Feierabend hat.« Bruce musterte den Typen und erkannte ihn. Er war sich sicher, den Mann schon öfters bei ihnen als Gast gesehen zu haben.

»Ich kann sie kurz anfunken, wenn Sie wollen.« Bruce griff nach seinem Walkie-Talkie. Victor winkte ab.

»Nein, nicht nötig. Ich will sie nicht bei der Arbeit stören.«

Bruce steckte das Walkie-Talkie wieder an seinen Gürtel.

»Ich glaube, sie hat die Spätschicht, sie wird sicher bis zur Türschließung bleiben. So gegen 03.30 Uhr?«

»Besten Dank.«

Es begann zu regnen. Victor drehte sich um und zog seinen Hut etwas tiefer ins Gesicht. Bruce sah ihm argwöhnisch nach, bevor er mit den Schultern zuckte und sich wieder den anstehenden Gästen zuwandte, die sich vor dem Regen schützend an die Hauswand drängten. *Morgen früh also,* dachte Victor und eilte im strömenden Regen zur nächstgelegenen U-Bahn-Station.

25.

*C.*J. stand vor dem Chicago O'Hare International Airport und versuchte, ein Taxi zu erwischen. Drei waren ihm schon vor der Nase weggeschnappt worden. Ungeduldig lief er zum Nächsten. Er war in Huntsville durch den ganzen Flughafen gerannt, um den Flug nach Chicago zu erwischen.

»Zum Club Seventy Nine, bitte.«

»Okay. Aber ich denke, um diese Uhrzeit werden Sie dort keinen Drink mehr bekommen«, entgegnete ihm der Taxifahrer.

»Ich weiß.«

C.J. erhoffte sich, Grace noch anzutreffen, bevor sie nach Hause fuhr. Der Akku seines Handys hatte kurz vor dem Einsteigen ins Flugzeug den Geist aufgegeben.

»Nein, ich habe es mir anders überlegt. Bitte fahren sie nach Wrigleyville«, sagte er mit einem Blick auf die Uhr. Es war 07.56 Uhr, Grace war bestimmt nicht mehr im Club, sie musste schon zu Hause sein. Er hatte Glück, der Taxifahrer fuhr einen heißen Reifen. Nach gut 20 Minuten erreichten sie den Wohnblock, in dem sich Graces Wohnung befand.

»Besten Dank.«

C.J. hielt dem Fahrer die Geldscheine entgegen.

»War mir ein Vergnügen.«

Vor den Türklingeln atmete er tief ein. Seine Nervosität stieg ins Unermessliche. Sie würde ihm das Alles nie glauben. Nicht einmal er selbst war überzeugt von der ganzen Geschichte, die ihm Maggie erzählt hatte. Aber falls nur ein Funken Wahrheit in ihren Worten steckte, konnte er nicht tatenlos zusehen.

Er klingelte. Einmal. Zweimal. *Hoffentlich schläft sie nicht.*

Die Gegensprechanlage fing an zu knistern.

»Ja, hallo?«

»Ich bin es. C.J.«

»C.J.? Was machst du um diese Uhrzeit hier?«

»Ich muss mit dir reden. Es ist dringend!«

Die Türöffnung summte und CJ. stürmte die Treppen hoch.

Oben angekommen stand die Tür offen und er trat etwas zurückhaltend ein.

»Hallo?«, fragte er in den Raum.

»Komm herein, ich will mir nur kurz was anziehen. War schon im Nachthemd.«

Gott sei Dank, sie war noch nicht im Bett gewesen. Als sie aus dem Schlafzimmer trat, trug sie eine graue Jogginghose von Calvin Klein und ein weißes Shirt mit hellblauen Streifen, die Haare waren wirr am Hinterkopf zusammengebunden. Sie war so wunderschön, dass C.J. für eine Sekunde seine Sorgen vergaß.

»Hi.«

»Hi«, stammelte er.

»Dann hast du mich also doch nicht vergessen. Du siehst übrigens furchtbar aus«, sagte sie in einem etwas scharfen Ton. Er sah an sich herunter. Sein weißes Hemd hing aus der Hose und war komplett zerknittert. Nach zwei Nächten ohne Schlaf musste er ein grauenhaftes Bild abgeben. Kurz sammelte er seine Gedanken, bevor er ihr antwortete.

»Hör zu, ich muss dringend mit dir sprechen. Deine Träume, das sind nicht nur Träume. Das passiert wirklich. Du bist in Gefahr!«, schoss es aus seinem Mund. Sie blickte ihn völlig verwirrt an.

»Nun mal ganz langsam. Setz dich erstmal. Hast du etwa getrunken?« Sie ging in die Küche, um ihm einen Kaffee einschenken und ihr gleich mit.

»Nein! Ich bin völlig nüchtern. Das musst du mir glauben«, entgegnete er heftig. Danach fing er hastig an zu erzählen.

»Ich war in Florence, Alabama, um meinen Vater zu suchen, nachdem ich bei meinen Eltern Tagebücher meiner leiblichen Mutter gefunden hatte, aber mein Vater, der ist leider seit einem Monat tot. Sie schrieb auch etwas vom Jahrmarkt in Decatur, da bin ich dann hin, und da war diese Maggie, die...«

»Stopp, stopp!« Sie hielt die Handfläche in die Luft, um ihn zu bremsen. »Ich komme überhaupt nicht mit. Ganz langsam. Von Anfang an.« Sie reichte ihm die Kaffeetasse. »Wieso hast du dich nicht bei mir gemeldet?«

Die Kaffeetassen standen leer vor ihnen auf dem Couchtisch, als C.J. seine Geschichte zu Ende erzählt hatte. Er ließ kein Detail aus. Seine Familie, Victor, seine Tagträume, alles, was er wusste oder zu wissen glaubte. Sie hörte ihm still und gebannt zu, was ihn doch etwas erstaunte.

»Und deswegen bist du in großer Gefahr. Ich weiß, es klingt alles verrückt und ich kann es selber kaum glauben ...«

»Ja«, unterbrach sie ihn. »Es klingt tatsächlich absolut verrückt. Aber ...«

»Aber?«

»Es könnte was dran sein.«

Sie zog ihren linken Ärmel nach oben, darunter kamen blaue Flecken hervor.

»Was ist das?«

»Keine Ahnung. Es kommen immer neue dazu. Jedes Mal, wenn ich wieder erwache. Ich glaube, das ist in meinem letzten Traum passiert.« Sie zeigte ihm am Arm einen frischen Bluterguss.

»Ich bin in eine Glasscheibe geprallt, als ich den

218

Aufzug erwischen wollte. Moment mal, wenn das so ist, wieso warst du nicht in meinem letzten Traum?«, fragte sie verdutzt.

»Keine Ahnung. Einkaufscenter, sagtest du? Ich kann mich nicht erinnern. Vielleicht war ich in Florence zu weit weg von dir?«

»Und du denkst, der Arzt steckt dahinter? Dr. Crawford?«

»Ich denke ja.«

Sie schauderte. Ihr schien etwas einzufallen.

»Deine Mutter ist bei deiner Geburt gestorben, hast du gesagt. Das ist also 31 Jahre her. Und du sagst, man weiß nicht, woran sie gestorben ist?«

»Ja, warum?«

»Sie hieß aber nicht zufällig Susan ... ehm, Susan Di... Da... ach, etwas mit D?«

»Dunlevy, ja. Susan Dunlevy. Wieso weißt du das?«, fragte er verdutzt.

Ihr Blick wanderte zum Fernseher und sie erzählte ihm von der Sendung UNGELÖSTE TODESFÄLLE und dem Bericht über die sechs weiteren ungelösten Todesfälle. Ihm wurde es speiübel.

»Tja, seitdem bin ich mir auch nicht mehr ganz so sicher, ob ich wirklich nur träume ... Die Ähnlichkeit zu den Opfern ist schon etwas unheimlich.«

»Dann hat dieser Crawford also schon einige Morde begangen. Herzstillstand, sagtest du?«, fragte er.

»Ja, sie alle seien friedlich im Schlaf gestorben.«

Friedlich eingeschlafen …

Für einen Moment dachte er an seinen Besuch in Florence und was Miss Redford über den Tod seines leiblichen Vaters gesagt hatte.

Die Sanitäter sagten, sein Herz habe einfach aufgehört zu schlagen. Friedlich eingeschlafen sei er. Schöner Tod, nicht wahr? So etwas wünscht man sich in unserem Alter.

War Victor etwa auch für den Tod seines Vaters verantwortlich? Hatte er seine Eltern auf dem Gewissen? Und nicht nur das, war er drauf und dran, einen weiteren Mord zu begehen?

»Aber wie stellt er es denn an? Denkst du, wenn ich in einem meiner Träume sterbe, werde ich wirklich tot sein?« Grace unterbrach ihn in seinen Gedanken. »Oh mein Gott…!« Sie sprang plötzlich wie vom Blitz getroffen auf.

»Was ist, was hast du?«

»Ich nehme doch seit einer Weile diese Tabletten.«

»Was für Tabletten?« fragte er.

»Schlaftabletten. Die, die mir Crawford verschrieben hat!«, antwortete sie ihm, während sie in ihr Schlafzimmer lief und aus ihrer obersten Schublade die Tablettenschachtel herausnahm.

Er nahm die Schachtel und drehte sie in seinen Händen.

»Er sagte mir, ich müsse zwei Tabletten nehmen, bevor ich schlafen gehe. Es würde mir helfen zu schlafen. Das haben sie ja eigentlich auch, aber

…«

»Seitdem träumst du auch sehr intensiv«, beendete er ihren Satz.

»Ja.«

C.J. las vor, was auf dem Etikett stand, welches an der Schachtel klebte.

Silene Undulata - Schlaftabletten.

Einnahme: 2 Tabletten mit einem Schluck Wasser vor dem Schlafengehen.

»Silene Undulata«, dachte er laut. »Das kommt mir irgendwie bekannt vor. Hast du mir kurz dein Handy? Meines hat keinen Akku mehr.«

»Natürlich.«

Sie ging zur Kommode im Eingangsflur, holte ihr Smartphone und reichte es ihm. Er fand die Suchfunktion nicht sofort und streckte ihr das Handy wieder entgegen.

»Gib mal Silene Undulata ein.«

»Okay. Silene Undulata«, sprach sie laut nach, während sie es eintippte.

»Hier ist ein Artikel darüber. Silene Capensis, in Klammern Silene Undulata, auch afrikanische Traumwurzel genannt, ist eine …«

»Afrikanische Traumwurzel. Das ist es!«

»Was ist damit?«

»So stellt er es an. Er verabreicht seinen Opfern die Pflanze in Tablettenform, damit sie tief und fest schlafen und luzide Träume erleben.«

»Was bedeutet luzide Träume?«, wollte sie wissen.

»Das heißt, der Träumer ist sich bewusst, dass er

sich gerade in einem Traum befindet.«

»Das kann ich nur bestätigen.« Grace seufzte. »Aber woher weißt du das alles?«

»Meine Mutter schrieb in ihren Tagebüchern, dass sie an einer Krankheit Namens Chargot-Wilbrand-Syndrom litt. Sie konnte nicht mehr träumen. Aber sie konnte an einer medizinischen Studie teilnehmen und musste dafür täglich einen Tee trinken, der aus afrikanischer Traumwurzel hergestellt wurde. Ich nehme an, Victor wusste das. Zu dieser Zeit war sie mit ihm in einer Beziehung.« C.J. strich sich über seinen Dreitagebart.

»Aber etwas geht noch immer nicht auf. Wenn das Opfer die Traumwurzel einnimmt, kann der Amulett Träger in dessen Traum einsteigen. Richtig?«

»Ich denke, ja.«

»Der Edelstein ist aber in meiner Uhr verarbeitet.« Er tippte auf die Uhr an seinem Handgelenk und fuhr fort. »Wenn ich also das Amulett bei mir trage, wie zum Teufel stellt *er* es dann an?«

»Ich habe keine Ahnung.« Sie zog die Schultern hoch. »Aber in einem Punkt bin ich mir nun sicher. Es bestehen keine Zweifel mehr. Er ist wirklich hinter mir her.« Sie ließen sich beide in die Couch sinken.

»Und was wollen wir jetzt machen?«, fragte sie.

»Wichtig ist, solange wir keinen Plan haben, dürfen wir auf keinen Fall einschlafen.«

Sie saßen eine Weile gedankenversunken nebeneinander, bevor Grace die Stille mit ihrer Stimme durchbrach.

»Ich habe Angst, Clark. Wenn das alles real ist …«, sie seufzte.

»Ich weiß. Ich werde alles dafür tun, dir zu helfen.«

Sie lehnte ihr Gesicht an seine Schultern und kuschelte sich an ihn. Er strich ihr zärtlich über die Haare und legte seinen Arm um sie. Sie blickte ihm in die Augen.

»Und wenn das mein letzter Tag auf Erden ist …«

Sie rückte ihr Gesicht näher an seines und fuhr fort: »dann bin ich froh, ihn an deiner Seite verbringen zu dürfen.«

Er lächelte verlegen.

»Das wird nicht dein letzter sein.«

Ihre Lippen trafen sich. Das altbekannte Kribbeln durchschoss seinen Körper. C.J. zog sie an sich und strich ihr mit der Hand über den Rücken. Um etwas Platz zu machen packte er hastig einige Kissen und warf sie von der Couch. Er drückte Grace sanft mit seinem Körpergewicht rücklings auf die Couch. Ihre Beine umschlossen langsam seine Hüften. Sie öffnete sein weißes, zerknittertes Hemd. Ihre Hände wanderten tiefer, Knopf für Knopf und strich es ihm über die Schultern. Er kniete auf, streifte das Hemd ab und zog sie zu ihm hoch, um ihr das gestreifte Shirt in einem Ruck über den Kopf zu ziehen. Sie packte ihn mit der Hand am Genick und zog ihn zurück auf das Sofa.

»Autsch!«

Grace spürte etwas unter ihrem Rücken. Sie tastete blindlings mit der Hand danach und zog die Fernbedienung hervor. Sie ließ sie klatschend auf den Boden fallen.

»Wo waren wir?«, hauchte sie und ließ ihre Finger über seinen Rücken wandern. Seine rechte Hand glitt in ihren Hosenbund und erkundete ihre Schamgegend. Sie jauchzte entzückt auf, als er ihre Klitoris zu stimulieren begann. Mit der anderen Hand glitt er zu einer ihrer Brüste und massierte sie, während seine Zunge die andere Brustwarze sanft liebkoste. Für einen Moment konnte sie die Gedanken an Victor Crawford und ihre Träume vergessen und sich ganz dem Glücksgefühl hingeben, welches kurz darauf ihren Körper durchströmte.

Noch etwas benommen von ihrem Orgasmus, betrachtete sie seinen Oberkörper, während er seinen Gürtel öffnete und die Knöpfe seiner Jeans aufriss. Ihre Finger glitten seinen Brustkorb hinunter und umkreisten fast unmerklich seinen harten und erregten Penis, bevor sie zupackte und ihn zu massieren begann. Er stöhnte auf und schloss die Augen vor Erregung. Als er es kaum noch aushielt, entzog er sich ihrer Hand und stand auf um sich die Jeans ganz abzustreifen.

»Hast du Kondome?«, raunte er leise.

»Ja, im Badezimmer, oberste Schublade links.«
Sie entledigte sich ihrem Tanga und blieb erregt liegen, während sie ungeduldig auf seine Rückkehr wartete. Er kletterte über die Couchlehne zu ihr zurück und küsste sie nochmals innig, bevor er sich das Kondom überstreifte. Ihre Haut fühlte so sich samtweich an, dachte er, als er ihren Hals mit seinen Lippen erkundete. Er drang genussvoll in sie ein und atmete tief ein und wieder aus. Als er sanft am Haarband zog und es sich löste, vergrub er seine Hand in ihren langen, braunen Haaren und hielt sie am Hinterkopf fest. Ihre Beine umschlangen erneut seine Hüften, sie drückte ihn tiefer hinein und begann im Rhythmus seiner Stöße zu stöhnen.

»Das war …« Er seufzte befriedigt.
»Ja, es war wunderbar.«
Sie streichelte seine nackte Brust, während sie erschöpft und zufrieden nebeneinander auf dem Sofa lagen. Nach einer Weile stillen Genusses erhob er sich und verschwand kurz im Bad, um sich des Kondoms zu entledigen.
»Darf ich mir ein Glas Wasser holen?«, fragte er aus dem Badezimmer.
»Natürlich«, antwortete sie ihm und zog in der Zwischenzeit das Shirt an, schlüpfte in ihre Jogginghose und setzte sich wieder auf das Sofa. Eine wohltuende Müdigkeit nahm von ihr Besitz. C.J. kam zu ihr ins Wohnzimmer und zog sich

seine Kleider an, bevor er in die Küche ging, um sich ein Glas mit Wasser zu füllen.

»Nimmst du auch ein Glas?«, fragte er sie, als er den Hahn aufdrehte. Er bekam keine Antwort.

»Grace?« Er stellte den Wasserhahn ab.

»Grace?!«

Ach du meine Güte, war sie etwa...?

Er sprang ins Wohnzimmer herüber. Da saß sie, zusammengesunken auf dem Sofa.

»Oh nein...«, stammelte er. Sie war eingeschlafen.

»Grace!«

C.J. rüttelte sie sanft, doch sie blieb regungslos liegen und atmete nur sehr oberflächlich.

»Grace, komm schon. Bitte wach auf!«

Immer noch keine Regung. *Was soll ich jetzt tun?*

C.J. blickte nervös auf seine Uhr. Sie war stehen geblieben. In diesem Moment fiel ihm auf, dass keine Geräusche mehr durch das offene Wohnzimmerfenster drangen.

Als er aus dem Fenster blickte, sah er auf der gegenüberliegenden Seite der Straße eine Bäckerei. Es schien reger Betrieb zu herrschen, der jedoch komplett eingefroren war. Die Menschen, die die Bäckerei mit ihren Einkaufstüten voller Brote und sonstigen Leckereien verließen, standen da wie die Wachsfiguren in Madame Tussauds Kabinett. Die Autos vor der Bäckerei waren geräuschlos stehengeblieben. Weiter die Straße hinunter spielten Kinder mit einem Basketball, doch der Ball war mitten in seiner Flugbahn hängengeblieben und sah aus, als hätte man ihn am Horizont mit Sekundenkleber befestigt.

Er erinnerte sich an die eingefrorenen Uhren in der Futuremile und den Kampf auf dem Baseballfeld. Die Worte von Maggie hallten in seinem Kopf nach.

Lass die Tagträume zu, wenn sie dich besuchen, schlüpfe in sie hinein.

Das war es. *Nun liegt es an mir.*

C.J. ging zurück zur Couch, setzte sich neben Grace und griff nach ihrer Hand.

Du musst dich einfach treiben lassen.

Die Augen fest geschlossen, versuchte er alle Gedanken abzuschütteln und sich treiben zu lassen. Nur einen Gedanken konnte er nicht loswerden.

Ich muss Grace helfen. Ich darf sie nicht verlieren.

Am anderen Ende der Stadt stellte Victor erleichtert fest, dass Grace endlich eingeschlafen war. Schon eine gefühlte Ewigkeit saß er auf seinem Sessel, das Amulett fest mit den Händen umschlossen, und ließ seine Gedanken um sie kreisen, damit er in den Traum eintauchen konnte.

Was für einen Schauplatz nehmen wir denn heute?

Er lehnte sich etwas zurück.

Soll ich entscheiden oder lasse ich deiner Fantasie freien Lauf und improvisiere einfach? Auf jeden Fall wird es dein letzter Traum sein. Es kann nicht mehr lange dauern. Vic lächelte bei dem Gedanken. Er schloss die Augen und wartete auf sein Zeichen.

»Da sind wir ja endlich. Hallo Grace«, flüsterte er, als er in ihren Traum eintauchte. Sein hypnotischer Zustand ließ ihn tiefer und tiefer sinken. Seine Sinne schärften sich und er versuchte sich in Graces Traum zu orientieren.

»Wo sind wir denn gelandet?«

Er blickte sich um.

Perfekt, dachte er, zog seinen grauen Trenchcoat etwas enger, um sich vor der stinkenden Zugluft zu schützen, und zog sich in die Schatten zurück.

Das Spektakel kann beginnen.

26.

$\mathcal{D}$as Rattern der Gleise weckte Grace auf. Als sie die Augen öffnete, fand sie sich in einem U-Bahn-Waggon wieder. Sie blickte sich suchend um. Der Waggon war menschenleer und das Licht an der Decke flackerte bei jedem Ruckeln der Bahn. Als sie aufstand, sah sie neben den Türen eine Tafel, die die Strecke der Bahn aufzeigte. Es musste die blaue Linie sein, dachte sie, während sie die Tafel studierte. *Nächster Halt - Belmont Avenue,* ertönte es knisternd aus den Lautsprechern. Dann war sie Richtung Loop und Forest Park unterwegs. Sie setzte sich wieder hin und rieb sich in den Augen.

Okay, denk scharf nach. Ich bin in der U-Bahn, und zwar völlig allein. Ich muss träumen!

Als sie realisierte, dass sie nicht mehr im Wachzustand war, fragte sie sich, ob Clark es zu ihr in den Traum geschafft hatte. *Aber wenn ja, wo ist er denn?*

Als die Bahn in der Station Belmont Avenue zum

Stillstand kam, ging sie zur Tür und sah sich um.
Der Bahnsteig lag leer und völlig verlassen vor
ihr. Rechts ratterte die Rolltreppe, die stetig und
langsam nach oben fuhr. Der bissige Geruch von
Urin drang in ihre Nase.
Etwas zurückhaltend rief sie aus der Bahn:
»Clark? Clark, bist du hier?«
Für einen Moment hielt sie inne und lauschte.
Doch niemand rührte sich oder antwortete ihr.

Clark? fragte sich Victor hinter dem Ticketautomaten. War das etwa dieser C.J.? Er blieb regungslos hinter dem Ticketautomaten stehen, als
sich die Bahn wieder in Bewegung setzte. Sie war
nicht ausgestiegen und stand noch an derselben
Stelle.
Na dann, dachte er, *nächster Halt, Logan Square.*
Er schloss die Augen und konzentrierte sich auf
die U-Bahn-Station Logan Square. Als er die Augen wieder öffnete, befand er sich oben auf der
Straße, vor ihm die Rolltreppe zur gewünschten Metrostation. Unten angekommen, hörte
er schon, wie sich quietschend und ratternd die
Bahn näherte, in der sich Grace befand. *Pünktlich.*

Zur selben Zeit saß C.J. neben der schlafenden
Grace auf dem Sofa. Er versuchte, sich fallen zu
lassen und an nichts außer an sie zu denken. Es
blitzte und für ein paar Sekunden befand er sich

in einer U-Bahn-Station. Doch gleich darauf war er wieder in ihrer Wohnung.

»Verdammt! Ich kann das nicht!«

Noch einmal schloss er die Augen und konzentrierte sich. Blitz. Nun konnte er die Anschrift an der Mauer gegenüber dem Perron erkennen. Logan Square. *Logan Square,* ratterte es ihm durch den Kopf, doch als es ihm dämmerte, wo er sich befand, saß er schon wieder auf der Couch. *Mist! Fast hätte ich's geschafft.*

Er schüttelte seine Gliedmaßen, um lockerer zu werden, atmete tief ein und wieder aus und schloss abermals seine Augen.

Victor schlenderte über das Perron und überlegte sich dabei, wie er es anstellen würde. Wollte er etwas zu Hilfe nehmen oder es einfach selbst erledigen? Er dachte an seine Möglichkeiten und schmatzte mit dem Mund, als müsste er sich im Restaurant zwischen einem Steak und einem Filet entscheiden.

Nach kurzem Überlegen entschied er sich für das saftige Steak und griff in seine Manteltasche, um die Munition für die Glock 17 herauszuholen, die auf wundersame Weise in seiner rechten Hand erschienen war. Er wollte derjenige sein, der ihr in die Augen sah, wenn das Leben aus ihr wich.

Die Lautsprecher in der U-Bahn knisterten erneut. *Nächster Halt, Logan Square.* Grace überlegte, ob sie aussteigen sollte. Ihre Gedanken rasten ihr durch den Kopf.

Was, wenn ich in der Bahn bleibe? Nein, da habe ich keine Fluchtmöglichkeit. Aber wenn ich aussteige, wartet er vielleicht schon auf dem Perron.

»Clark, komm und hilf mir!«, flüsterte sie fast unhörbar und stieg langsam und ängstlich aus, sobald die Türen sich ruckartig öffneten. Als diese sich hinter ihr mit einem lauten Piepston wieder schlossen, zuckte sie zusammen und sah zu, wie die silberschimmernde Metrobahn in der Dunkelheit des Tunnels verschwand. Auch diese Station war menschenleer. Nur die steinernen Sitzbänke und die Kehrichtkübel standen regungslos auf dem Bahnsteig und warteten darauf, benutzt zu werden. Die Zugluft und die Angst stellten ihr die Nackenhaare auf. Sie fröstelte und zog die Ärmel ihres dünnen, dunkelblauen Pullovers so weit nach vorne, wie es ging, und verschränkte die Arme, um sich vor dem nach Urin stinkenden Wind zu schützen. Sie sah an sich herunter. *Gott sei Dank!* Sie trug zum Glück ihre Sneakers und nicht etwa ihre flauschigen Pantoffeln. In denen wäre sie mitten in der Stadt wohl nicht weit gekommen. Als sie hinter dem Wärterhäuschen, in dem natürlich kein Wärter saß, ein Geräusch hörte, schrak sie erneut auf und wich einige Schritte zurück.

War das Clark? Oder war es …

»Hallo Grace.«

Victor trat aus dem Schatten des Häuschens und schritt langsam auf sie zu.

»Schön, dich zu sehen.«

»Dann stecken tatsächlich Sie dahinter?«, fragte sie, ohne eine Antwort von ihm zu erwarten.

Victor lächelte sie scheinheilig an.

»Was meinst du? Wo soll ich dahinterstecken?«

»Wir … ich meine, ich habe Sie durchschaut, Victor. Die Schlaftabletten, die Träume. All die Frauen. Das waren alles Sie!«, entgegnete sie ihm.

»Ich weiß gar nicht, wovon du sprichst, Süße. Du träumst doch nur. Und zwar«, er drehte sich mit offenen Armen einmal im Kreis, um seinen Worten mehr Bedeutung zu verleihen, »von einer U-Bahn-Station mitten in Chicago. Nicht unbedingt der behaglichste Ort, aber das ist nun mal deine Fantasie. Ich habe nichts damit zu tun.«

Victors hämisches Grinsen ließ Grace erschaudern.

»Und was machen Sie dann hier?«, fragte sie ihn bissig.

»Ich gebe deinem Traum die nötige Würze.«

Grace wich langsam einige Schritte zurück, um etwas Abstand zu Victor zu gewinnen, als hinter Victor etwas aufflackerte, was wie eine menschliche Silhouette aussah. Das Flackern wurde heftiger und Grace erkannte die Gestalt von Clark darin. Aber bevor ihre Augen ihn definitiv erfassen konnten, verschwand er wieder.

Bitte, Clark, hilf mir doch…

Victor spielte mit seiner Waffe die er wieder in seine Manteltasche gesteckt hatte. Er streichelte sie leidenschaftlich und versank kurz in seiner Fantasie. Wie sollte er Grace zur Strecke bringen, um möglichst viel Freude daran zu haben? Graces Stimme durchbrach seine Gedanken und holte seine Aufmerksamkeit zurück.

»Wieso tun Sie das? Was haben Sie davon?«

»Oh Süße, wieso ich das mache? Na, diese Frage kann ich dir relativ einfach beantworten. Ich mache das, weil es mir gefällt.«

Grace schluckte schwer und versuchte seine Worte zu verstehen.

»Es gefällt Ihnen, einfach Menschen umzubringen?«

»Grace, Süße, nicht einfach irgendwelche Menschen. Frauen. Ganz spezielle Frauen. Frauen wie du. Braune Haare, blaue Rehaugen, selbstbewusst und doch in gewisser Weise naiv.«

Victor schmalzte mit seiner Zunge, was Grace erneut schaudern ließ.

»Dann passe ich einfach in dein Beuteschema? Das ist alles?«

Grace versuchte Zeit zu gewinnen, in der Hoffnung, dass Clark doch noch auftauchen würde.

»Das hat alles mit Susan Dunlevy zu tun, oder? Sie war die erste, nicht wahr?«

Vic zuckte zusammen und sah sie überrascht an. »Woher kennst du diesen Namen?« Er runzelte die Stirn. »Was fällt dir ein, sie zu erwähnen?« Victor klang auf einmal wütend und trat einige Schritte auf sie zu. Sie wich instinktiv zurück, doch sie bohrte weiter.

»Sie war die Liebe Ihres Lebens, nicht wahr? Und sie wollte nichts mehr mit Ihnen zu tun haben. Haben Sie sie deshalb umgebracht?«

Victors Blick wurde immer zorniger und Grace fuhr es kalt den Rücken hinunter, doch sie machte weiter, um Clark Zeit zu verschaffen.

»War das das Problem? Wollte sie Sie nicht mehr? Ist ja auch verständlich. So einen Psychopathen wie Sie will doch niemand in seiner Nähe haben.« Grace war selber erstaunt über ihre Kühnheit.

»Hör auf damit!« Victor schnaufte laut und griff sich mit seinen Händen an den Kopf, als würden ihm ihre Worte Schmerzen bereiten.

»Du hast ja keine Ahnung! Oh, Sue. Meine süße Sue…«, schien Victor fast zu singen. »Es war ein Unfall. Ein verdammter Unfall! Ich wollte das nicht. Sue gehört mir. Niemand außer mir darf Sue haben. Sie gehört mir! *Du* gehörst mir!«

Hinter Victor flackerte es erneut und C.J. tauchte auf dem Perron auf.

Bei Clarks Anblick hätte Grace beinahe gelächelt. Sie versuchte sich ihre Erleichterung nicht anmerken zu lassen. Jedoch gelang es ihr nicht ganz. Victor bemerkte das aufflackernde Leuchten in ihren Augen und folgte ihrem Blick. Er zuckte zusammen, als er den Mann bemerkte, der nur wenige Meter hinter ihm stand.

»Du!«

Victors Augen blitzten vor Wut, als er C.J. erkannte.

»Was hast du hier verloren? Wieso bist du hier? Das ist mein Reich. Sue gehört mir!«

Sue? dachte C.J. erstaunt und blickte fragend Grace an. Seine Muskeln waren noch wie gelähmt und er konnte sich nicht bewegen. Leichte Panik stieg in ihm hoch, als Victor langsam auf ihn zukam und mit seiner Hand in der Manteltasche herumtastete. *Komm schon C.J., beweg dich endlich,* versuchte er sich zu animieren. Doch seine Beine wollten keinen Schritt machen. Knapp zwei Meter vor ihm hielt Vic in seiner Bewegung inne.

»Bevor ich dich dem Erdboden gleich mache ... Wie hast du es geschafft, in diesen Traum zu kommen? Sag schon!«

»D…uh.«

C.J.'s Zunge fühlte sich versteinert an und war zu schwer, um Worte zu bilden. Doch langsam machte sich ein Kribbeln bemerkbar, welches durch seinen Körper schoss. Seine Glieder erwachten langsam. Noch etwas unbeholfen erhob er den Arm, an dem er die Uhr trug.

»Was hast du gesagt?«, fragte Victor und beobachtete die langsamen Bewegungen, die C.J ausübte.

»Ach so, du kannst dich noch nicht bewegen, nicht wahr? Ging mir am Anfang auch so. Nun, es wird besser mit der Zeit. Aber ich denke, die wirst du nicht haben.«

Mit einem Lächeln zog Vic seine Glock aus dem Mantel und zielte damit auf C.J.'s Kopf.

Ängstlich beobachtete Grace die Situation und versuchte einen Ausweg zu finden. Als sie die Waffe in Victors Hand sah, schrie sie erschrocken auf.

»Oh mein Gott, Clark!«

Victor drehte sich erstaunt zu ihr um, der Lauf der Waffe nun auf Grace gerichtet.

»Was hast du gesagt? Clark?« Er blickte nochmals zu C.J.

»So, Clark heißt du also. Dieser Name ... Clark.«

Victor erinnerte sich daran, diesen Namen schon mal gehört zu haben, schüttelte aber seine Gedanken wieder ab. Er durchbohrte Grace mit seinem Blick.

»Wie hat er es angestellt. Warum ist er in unseren Traum geplatzt?«

»Ich, ich weiß es nicht«, stammelte Grace nervös.

»Du lügst! Sag schon!«

»Me….ine Uhhhh...r«, stotterte C.J.

»Uhr? Was für eine Uhr?«

Victors Blick wanderte zu C.J.'s Handgelenk.

»Das Ziffernblatt, es ist violett«, sagte er verblüfft.

Überrascht von diesem Anblick griff er in seine Hosentasche und suchte mit seinen Fingern instinktiv nach seinem Stück vom Edelstein. Er musste sich vergewissern, dass er ihn noch bei sich trug. Die Berührung mit dem Stein ließ ihn erleichtert aufatmen. Er versuchte, sich nichts anmerken zu lassen und ließ den Stein wieder in seine Tasche plumpsen.

»Woher hast du diese Uhr?«, fragte er schließlich.

»Sag, oder ich knalle sie hier und jetzt ab!«

Den Lauf der Glock weiterhin auf Grace gerichtet, wartete er auf eine Antwort.

»Ichhhh ha...be sie von meeei... meinem Vater bekommen. Meine Mutter hatte den Edelstein in ihrer Hand, als du sie umgebracht hast.«

C.J. sprach auf einmal klar und deutlich. Die Starre ließ nach und er konnte sich immer besser bewegen.

»Deine Mutter?«, fragte Victor ungläubig. »Meine Sue war…«

»Ja, Susan Dunlevy war meine Mutter.«

»Aber wie ist das möglich? Das Kind ist damals gestorben, haben sie gesagt. Hat Gregory mir damals gesagt. Hat er mich angelogen? Dieses verdammte Schwein hat mich damals angelogen!«

Seine Hand, in der er die Glock hielt, fing vor Wut an zu zittern, doch er hielt den Arm standhaft oben, weiterhin das Ziel im Visier.

»Wenn ich das gewusst hätte, hätte ich ihn mehr leiden lassen«, flüsterte er.

C.J musste bei diesen Worten schwer schlucken. Nun hatte er die Gewissheit, dass sein möglicher Vater nicht eines natürlichen Todes gestorben war und Victor seine Finger im Spiel hatte. Dieser Mann, der ihm gegenüberstand, hatte seine ganze Familie auf dem Gewissen. Und nun war er kurz davor, seine Finger noch blutiger zu machen.

»Vielleicht bin ich ja *dein* Sohn, Victor.«

Diese Worte fielen ihm schwer und widerten ihn an, doch sie brachten Victor aus dem Konzept.

»Mein Sohn? Sues und mein Baby?« Victor stammelte vor sich hin und schien die Puzzleteile in seinem Kopf zusammenzufügen. »Clark … Ja, Sue fand diesen Namen schön. Ich erinnere mich. Der Hund auf dem Jahrmarkt.«

»Lass uns darüber reden, Victor. In aller Ruhe. Lass Grace gehen und wir besprechen alles.«

Für einen kurzen Moment ließ Victor die Waffe sinken und verfiel in seine Gedanken. C.J. blickte zu Grace und gab ihr mit einer Kopfbewegung ein Zeichen. Er bedeutete ihr unauffällig mit den Augen, dass sie in die nächste U-Bahn springen sollte, sobald diese anhielt. Grace Augen weiteten sich und drückten ihr Unverständnis aus. Sie wollte Clark nicht mit diesem Psychopathen alleine lassen. Doch C.J. beharrte darauf. Victors Stimme durchbrach ihre wortlose Konversation abrupt.

»Mein Sohn … Nein! Du bist nicht mein Sohn. Du kannst nicht mein Sohn sein, sonst hättest du mich gesucht. Du hättest mich nicht im Stich gelassen. Du musst der Bengel von Greg sein. DU BIST NICHT MEIN SOHN!«

Victor zielte mit der Waffe nun wieder auf C.J. Verzweiflung und Verwirrtheit stand in sein Gesicht geschrieben. C.J. wusste nicht, wie lange es noch gehen würde, bis er abdrückte. Sein Ass im Ärmel mit der versöhnlichen Familiengeschichte hatte nicht funktioniert. Nun musste ein neuer Plan her.

Wenn ich nur irgendwie mit Grace reden könnte. An Clarks Handgelenk fing es plötzlich an zu kribbeln. Aus dem Augenwinkel stellte er fest, dass das Ziffernblatt seiner Uhr aufleuchtete.

»Ja, Clark? Ich höre dich.«

»Grace? Du kannst mich hören?«

»Ich hoffe, dass du es bist, sonst werde ich allmählich verrückt.«

»Aber wie…?«

»Also, Clark, möchtest du zusehen, wie deine Kleine stirbt, oder soll ich zuerst dir eine Kugel in den Schädel jagen? Du hast die Wahl.«

»Grace, spring in die nächste U-Bahn und fahr zum Futuremile-Gebäude. Ich werde dir folgen.«

»Wieso gerade dort?«

»Ich kenne dieses Gebäude wie meine Westentasche, vielleicht ist das von uns von Vorteil.«

»Okay. Und du?«

»Ich werde mir was einfallen lassen.«

»Nein! Ich lasse dich nicht alleine hier! Ich…«

»Grace bitte, steig in die nächste Bahn ein! Ich folge dir. Ich verspreche es.«

Ihre Augen füllten sich mit Tränen. Sie nickte ihm langsam zu.

»Na? Was ist? Eeeene meeene Muh! Und raus bist…?«

Victor zielte mit der Glock einmal auf Grace, dann wieder auf C.J.

»Moment, ich…« C.J. hielt seine Hände versöhnlich nach oben. »Und wenn ich wirklich dein Sohn bin?«

Er musste ihn ablenken, um Zeit gewinnen, damit Grace in die Bahn steigen konnte.

Victor hielt die Waffe wieder auf C.J gerichtet und verharrte in seiner Bewegung.

Ein Rattern und ein aufkommender Luftzug deuteten darauf hin, dass die Bahn nicht mehr weit entfernt war.

»Nein, das ist nicht möglich. Du willst mich nur verarschen.«

»Nein, glaube mir. Es wäre doch möglich, oder nicht?«

Victor blinzelte ein paar Mal und versuchte sich die Szene im Kopf auszumalen, als die Metro aus dem Tunnel gleitete und quietschend anhielt. Grace bewegte sich langsam zu einer der Türen und versuchte keine Aufmerksamkeit auf sich zu ziehen. Sie war schon fast an der Tür, welche sich ruckartig öffnete. Doch das ruckelnde Poltern weckte leider auch Victors Aufmerksamkeit und riss ihn aus seinen Gedanken.

»He Süße! Wir sind noch nicht fertig miteinander!« Grace zuckte in ihrer Bewegung zusammen, doch sie zögerte nicht und sprang mit einem Hechtsprung in die Kabine der Bahn.

»Clark, viel Glück! Wir sehen uns gleich. Du hast es versprochen.«

»Pass auf dich auf.«

Die Türen schlossen sich und der abgefeuerte Schuss von Victors Glock brachte die Glasscheibe zum Bersten. Die silbern schimmernde Bahn ließ sich davon nicht beeindrucken und nahm ihre Fahrt unbeirrt wieder auf.

Grace lag schnaufend auf dem Boden und hielt sich die Arme vor ihr Gesicht um sich vor den fliegenden Scherben zu schützen.

Clark nutzte die Gelegenheit. Er sprang Victor auf den Rücken und rammte ihn mit aller Kraft auf den Boden. Die Waffe schlitterte über den Boden und blieb einige Meter von ihnen entfernt liegen. Clark setzte sich auf seinen Gegner und verpasste ihm einen Schlag mit der Faust mitten auf die Nase. Victor jaulte auf, packte Clark am Hemdkragen und warf ihn über sich auf den Boden. Er versuchte, zur Glock zu kriechen, doch Clarks Hand riss ihn wieder auf den Rücken. Der zweite Schlag brach ihm endgültig das Nasenbein und Blut spritze aus seinem Nasenloch. Clark

schlug nochmals zu, was Vic fast um das Bewusstsein brachte. Clark ließ Victor wimmernd liegen
und versuchte die Waffe zu finden. Er entdeckte
sie in der Nähe der Rolltreppe, rannte hin und
bückte sich, um sie aufzuheben.

»Wenn du wüsstest…« Victor schloss die Augen
und konzentrierte sich auf seinen gewünschten
Gegenstand. Wie durch Zauberhand hielt er eine
weitere Glock in der Hand. Er drehte sich auf
den Bauch und zielte auf Clark.

»Hey Clarky«

Clark drehte sich um und sah in den Lauf der
neuen Waffe.

»Ach du Sch…!«

Er musste die Waffe liegen lassen und sprang
auf die Rolltreppe. Er nahm zwei Treppenstufen gleichzeitig, um nach oben zu gelangen.
Ein ohrenbetäubender Knall hallte durch die
U-Bahn-Station. Die Kugel traf seine Wade. Der
Schmerz folgte einige Sekunden später und ließ
ihn auf die Knie sacken. Schmerzerfüllt hielt er
sein Bein fest, während die Rolltreppe ihn ins
Tageslicht hinauf beförderte. Oben angelangt,
hatte er den ersten Schock überwunden und
humpelte die Milwaukee Avenue entlang. Die
Sonne brannte ihm ins Gesicht, doch die Wärme und die frische Luft gaben ihm wieder etwas
Kraft. Immer wieder über die Schultern zurück-
blickend, versicherte er sich, dass ihm Victor
nicht auf den Fersen war. Lange konnte er den

Abstand nicht aufrechterhalten, da sein Bein zu sehr schmerzte. Die Wunde blutete stark und seine Jeans klebte innert kürzester Zeit auf der blutverschmierten Haut. Er schleppte sich langsam den Gebäuden entlang. Die Stadt war menschenleer und machte ihm erst wieder bewusst, dass dies alles ein Traum war. Nicht sein Traum, sondern Graces Traum. Er musste so schnell wie möglich zu ihr. Er hoffte, dass sie schon bei der Futuremile auf ihn wartete.

27.

Grace stand vor dem Eingang der Futuremile. Sie blickte nach oben und betrachtete das große, imposante Bauwerk. Die Sonnenstrahlen spiegelten sich in den unzähligen Fenstern, was sie blinzeln ließ. Sie betrat das Gebäude durch die Drehtür. Die große Eingangshalle lag in einer unheimlichen Stille vor ihr, nur ihre Sneakers quietschten bei jedem Schritt, den sie auf dem hellen Plattenboden machte. Sie schritt zur Empfangstheke, um sich zu vergewissern, dass sie wirklich alleine war. Am Empfang stand ein leerer Stuhl. Sie ging hinter den Empfangstresen und öffnete alle Schubladen, um sich nach Dingen umzusehen, die ihr vielleicht nützlich sein könnten. Die meisten Schubladen waren gefüllt mit Umschlägen, Papier und Post-Its, die ihr nicht halfen. Neben dem Telefon stand ein Becher mit Kugelschreibern und einem Brieföffner. Sie steckte sich den spitzen, länglichen Brieföffner in ihren Hosenbund. *Wer weiß, vielleicht erweist sich dieser noch als nützlich,* dachte sie und ging weiter zum Fahrstuhl. Daneben stand eine kleine Lounge für die am Empfang wartenden Kunden. Auf dem Loungetischen stand eine große Vase mit frischen Blumen. Der Geruch des schönen Dahlienstraußes strömte ihr in die Nase. Sie setzte sich hin und atmete ein paar Mal tief ein, um den erfrischenden Blütenduft zu inhalieren. Sie blickte durch den hellen, lichtdurchfluteten Raum und dachte an ihr Telepathie-Gespräch mit C.J. Ob sie auch mit ihm in Kontakt treten konnte?

»Clark? Hörst du mich? Clark? Ich bin in der Futuremile. Im Eingangsbereich. Clark?«

Nichts. Nur unheimliche Stille. Es funktionierte nicht. Wahrscheinlich war sie zu weit weg. Oder war er etwa…? Sie wollte den Gedanken nicht beenden. Tränen flossen ihr über die Wange. Wo war sie da nur hineingeraten?

Als Erstes werde ich mir die Haare blond färben, dachte sie und konnte für einen kurzen Moment über ihren Sarkasmus schmunzeln. Als sich die Drehtür in Bewegung setzte, schrak sie auf und starrte zum Eingang. Sie spürte förmlich, wie sich das Adrenalin in ihrem Körper ausbreitete. Die Gestalt kam langsam auf sie zu und zog das rechte Bein hinter sich her. Als sie C.J. erkannte, sprang sie auf ihn zu und umarmte ihn mit aller Kraft.

»Gott sei Dank! Du lebst!«

246

»Ja, gerade noch, aber er hat mich leider erwischt.«

C.J. ließ sich auf dem Sofa der Lounge-Ecke nieder und legte sein angeschossenes Bein auf den Glastisch vor ihm.

»Ach, du meine Güte. Wir müssen das sofort verbinden.«

»Grace, er lebt noch. Er ist immer noch hinter uns her. Ich musste fliehen, sonst hätte er mich definitiv über den Haufen geschossen. Ich hoffe, er entdeckt uns nicht allzu bald, damit wir einen Ausweg finden können.«

»Du denkst, er findet uns hier?«, fragte Grace ängstlich.

»Ich denke, er kann so einiges. Mehr als wir uns vorstellen können.«

Sie setzte sich neben ihn und betrachtete sein angeschossenes Bein.

»Als ich mir die Waffe greifen wollte, hatte er wie aus dem Nichts eine Neue in der Hand.«

C.J. betrachtete seine Handfläche.

»Du denkst also, er hat sie sich her gewünscht oder so was?« fragte Grace verwundert. »Aber wenn er das wirklich kann, besteht denn nicht die Möglichkeit, dass du auch viel mehr bewirken kannst in dieser«, Grace machte eine große Handbewegung, »sagen wir mal, Traumwelt?«

Graces Worte ließen ihn aufhorchen.

»Und was denkst du, wie macht er es?«, fragte C.J.

»Keine Ahnung … Vielleicht hat er auch so eine Uhr, ich meine, einen Edelstein?« Sie zeigte auf C.J.s Handgelenk.

»Du denkst, er besitzt auch einen?« C.J. rieb sich die Stirn.

»Das würde erklären, wieso wir uns beide in deinem Traum aufhalten können. Zuerst hatte ich schon die Befürchtung, dass er wirklich mein Vater sein könnte und es eine biologische Verbindung gibt«, sagte C.J. etwas erleichtert.

Ihm hallte plötzlich die Frage der Hellseherin durch den Kopf …

Ja, das ist mit Sicherheit mein Edelstein. Aber wo ist der restliche Teil?

C.J. versuchte aufzustehen, doch der Schmerz zuckte durch seinen Körper.

»Komm, ich helfe dir. Gibt es hier irgendwo Verbandszeug?«

»Ja, im siebten Stock gibt es einen großen Apothekerschrank.«

Dort angelangt, versorgten sie sich mit Verbandsmaterial und zogen sich in ein Sitzungszimmer zurück. Grace reinigte die Wunde und verband sie professionell.

»Sieht aus, als hättest du Übung darin«, sagte C.J., der versuchte, die Schmerzen auszublenden.

»Ja, ich musste vor einigen Wochen von der Bar aus einen Nothelferkurs besuchen. Ob du's glaubst oder nicht, es gibt immer wieder Situati-

onen in der Bar, in denen ich nach einer Schlägerei den einen oder anderen verarzten muss.«
Sie lächelte verschmitzt, als sie an den Abend im Seventy Nine dachte, als C.J. auf der Couch in ihrem Büro gelegen hatte. Auch ihm huschte ein Lächeln über das Gesicht, als er die Anspielung bemerkte.

Victor hielt seine Nase schmerzerfüllt mit einer Hand fest, während das Blut weiterhin langsam durch seine Finger strömte.
»Verdammte Scheiße tut das weh!«, schrie er, im Wissen, dass ihn hier sowieso niemand hörte. Es war das erste Mal, dass er sich in einem der Träume eine Verletzung zugezogen hatte. Bis dahin war er immer der Einzige gewesen, der ausgeteilt hatte. Seine Rachegelüste und seine Wut trieben ihn in seinem Tun noch mehr an. Er würde beide umlegen und diesem Möchtegern-Sohn die Uhr abnehmen. Er musste sich sein Reich wieder zurückerobern.
Die Rolltreppe beförderte ihn nach oben. Danach stand er eine Weile mitten auf der leeren Straßenkreuzung, die in der realen Welt vor lauter Verkehr und hupenden Autos kaum zu überqueren gewesen wäre.
»So, dann wollen wir doch mal schauen, wo ihr beide gerade steckt«, sagte er mit einem Grinsen und nahm den Edelstein aus seinem Trenchcoat. Im Sonnenlicht strahlte der Stein in einem hellen

Lila und verlangte förmlich, von Victor benutzt zu werden. Solange dieser Clark nicht wusste, was für Fähigkeiten der Stein in sich trug, wäre dies für ihn von Vorteil. Er ballte seine Hand zur Faust und hielt den Edelstein darin fest.

»Ah, ihr seid also wieder vereint. In einem Gebäude, hmmmh, aber welches?«

Vor seinem inneren Auge betrachtete er einen großen Raum. Er entdeckte Grace, die daran war, Clarks Verletzung am Bein zu desinfizieren. Er glitt, für die beiden unsichtbar, über die leeren Stühle zu den Fenstern herüber, an denen lange, zitronengelbe Jalousien hingen, die einen Teil des Sonnenlichtes in den Raum strömen ließen. Irgendwo müsste doch ein Hinweis sein, wo sie sich befanden. Das Sitzungszimmer, ausgestattet mit schwarzen Sideboards an den Wänden, wirkte sehr steril. An der Wand gegenüber dem Tisch hing ein einzelnes Kunstgemälde. Für einen kurzen Moment betrachtete er das farbige Bild.

Kostet sicher ein Vermögen, dachte er ironisch, als er die Striche und Tupfer betrachtete, die ihn eher an eine Kinderzeichnung erinnerten.

Am Ende des langen Tisches, der sich durch den ganzen Raum erstreckte, erblickte er einen Dokumentenstapel. Das taubenblaue Logo auf der obersten Mappe wirkte wie ein moderner Pfeil. Daneben stand in Großbuchstaben:

FUTUREMILE.
Gemeinsam in die Zukunft.

Aha. Futuremile. Dort versteckt ihr euch also. Na dann.
Noch einmal einen Blick auf die beiden werfend,
die immer noch daran waren, C.J.s Schusswunde
zu versorgen, ließ er sich wieder auf die Kreuzung zurückversetzen.
Er öffnete seine Faust und betrachtete wehmütig
seinen Stein, welcher in seiner Handfläche anfing zu kribbeln. Der Stein leuchtete so hell auf,
dass Victor für einen Moment die Augen schließen musste. Er blinzelte und hörte darauf das
bekannte Klackern. Fasziniert, aber auch traurig
beobachtete er, wie ein Bruchteil des Steines sich
auflöste. Von bloßem Auge kaum zu erkennen,
verpuffte dieser winzige Teil in Staub und wurde
vom Wind davongetragen. *Wieder ein Stück weniger von dir. Dabei habe ich doch noch so vieles vor.*
Victor steckte das restliche Stück des Edelsteines
behutsam wieder in seine Manteltasche.
*Ich brauche seine Uhr! So gelingt es mir vielleicht, all
die Sues auf dieser Welt zu bestrafen. Sie haben es nicht
verdient zu leben. Ohne mich zu leben!*
Für einen kurzen Moment überlegte er sich, den
Stein nochmals zu verwenden, um sich Hilfe zu
holen, doch er verwarf den Gedanken. Er wollte

derjenige sein, der die beiden zur Strecke bringen würde. Und jedes Mal, wenn er in den Träumen eine Veränderung zu seinen Gunsten vornahm, schrumpfte der Stein weiter, bis er sich irgendwann ganz in Luft auflösen würde. Soweit wollte er es nicht kommen lassen, bevor er die Uhr sein Eigen nennen konnte. Er wollte nicht herausfinden, was passieren würde, wenn sich der Stein komplett aufgelöst hatte. Vielleicht würde er für immer in dieser Welt stecken bleiben.

Victor lief durch die leeren Straßen, um sich beim nächsten Buchladen eine Stadtkarte zu besorgen.

Er würde das Gebäude auch ohne Hilfe finden.

28.

»Wieso wachst du nicht wieder auf?«, fragte C.J., als Grace den Verband um sein Bein befestigte.

»Vielleicht kann er mich in den Träumen irgendwie festhalten«

»Das denke ich nicht. Sonst hätte er dich schon längst in einem deiner letzten Träume umgebracht.«

»Meinst du? Aber die Träume, sie haben sich verändert. In meinen ersten Träumen wurde ich verfolgt, aber nicht von Victor selber. Anfangs wollten mich meine Verfolger zu IHM bringen …« Grace grübelte vor sich hin.

»Vielleicht hat er es einfach genossen, dich leiden zu sehen. Das Ganze ist für ihn vielleicht nur ein Spiel. Und wenn er genug davon hat, bringt er sein Opfer um und sucht sich das nächste.«

»Das wäre möglich.«

Ein Schauder lief ihr den Rücken hinunter.

»Er hat mich vorhin Sue genannt. Die Opfer sahen alle Sue ähnlich. *Ich* sehe Sue ähnlich«, murmelte sie.

»Das kann ich bestätigen. Ich habe Fotos von meiner Mutter gesehen, du hast eine gewisse Ähnlichkeit mit ihr.«

C.J. dachte an seine leiblichen Eltern und wie sie gelitten haben mussten. Er wollte Grace nicht auch noch verlieren.

»Wir müssen einen Weg aus deinem Traum finden. Er ist uns bestimmt schon auf den Fersen. Komm, gehen wir nach oben zu meinem Arbeitsplatz. Vielleicht helfen uns die Überwachungskameras.«

Sie fuhren mit dem Aufzug weiter nach oben.

»Bei der Dokumentation, die ich letztens gesehen habe, sind die Frauen in jährlichem Abstand gestorben. Vielleicht hast du recht mit deiner Theorie und er genießt es, seine Opfer zu quälen, bis er sie irgendwann …« Sie schluckte schwer, als sie den langen Gang entlangliefen, und würgte das letzte Wort förmlich aus. »… tötet.«

C.J. blieb vor einer der vielen Türen stehen. Er bemerkte die Angst, die Grace für einen Moment in Besitz nahm.

»Ich werde nicht zulassen, dass dir etwas passiert.«

Als sie ihm ängstlich zunickte, schenkte er ihr ein so herzliches Lächeln, dass sie für einen kurzen Moment die Angst vergaß. Er drehte sich zur Tür und betätigte den Griff. Verschlossen. Am silbernen Schild auf der rechten Seite der Eingangstür las Grace die gravierte Inschrift.

Sicherheitsraum
Zutritt für Unbefugte verboten

»Das ist also dein Arbeitsplatz?« fragte sie ihn.

»Ja. Aber leider ist die Tür verriegelt. Ich habe natürlich mein Badge nicht dabei, um sie zu öffnen. Verdammt.«

Wenn diese verdammte Tür nur offen wäre, dachte C.J. und rieb sich in den Augen.

Das wohlbekannte Surren des Türschlosses riss ihn aus seinen Gedanken. Als er die Augen wieder öffnete, stand die Tür weit aufgerissen vor ihm.

»Aber wie …?« Grace stand überrascht neben ihm. »Sie ist einfach aufgegangen!«

»Aber wie ist das … sie war doch … War ich das etwa?«

»Wie meinst du das?«, fragte sie verwirrt.

»Ich habe mir gerade nur kurz vorgestellt, wie die Tür offen vor uns liegt. Und zack, ist es passiert. Oder kannst du es dir anders erklären?« Er atmete tief ein und legte seine Stirn in Runzeln.

»Wenn das stimmt, könnte es nicht sein, dass du noch mehr kannst?«, fragte sie hoffnungsvoll.

»Ja, möglich wäre es. Aber ich weiß nicht, wie ich es gemacht habe.«

Sein Handgelenk fing an zu zittern. Etwas erschrocken von dem Beben blickte er auf die Armbanduhr. Das Ziffernblatt glühte so hell wie ein Stern im Himmel. Er konnte den Blick nicht lange auf der Uhr halten, es blendete ihn zu stark. Als das Licht langsam erlosch, hörten sie ein kleines Klackern. Gespannt drehte er seinen Arm zu Grace. Auch sie blickte fasziniert auf die Uhr.

»Sieh, das Zifferblatt. Es hat einen kleinen Riss«, er zeigte mit seinem rechten Zeigefinger auf die Stelle.

»Wo? Ich sehe nichts.«

»Hier, ist kaum zu erkennen.« Er tippte oben am Blatt auf die Stelle bei der Zwölf. Ein Stück des Steins hatte sich aufgelöst.

»Ah ja. Aber er ist winzig.«

»Ja, aber der Riss war vorhin noch nicht da. Ich kenne jeden Millimeter dieser Uhr auswendig. Es muss gerade erst passiert sein.«

»Sieht aus als hätte dir die Uhr mit der Tür geholfen und dabei ist ein Stück des Steines zerbröselt.«

»Ja muss fast so sein. Komm, lass uns hineingehen. So haben wir die Räumlichkeiten im Blick.«

C.J. setzte sich vor die vierzehn Bildschirme. Außer einem der Bildschirme, der kurz flackerte, funktionierten sie einwandfrei und zeigten leere Gänge, Büroräume und Aufzugstüren. Grace nahm sich einen zweiten Stuhl aus der Ecke und setzte sich neben C.J.

»Sieht man hier das ganze Bürogebäude?«, fragte sie und starrte auf die leeren Korridore.

»Nein, nur gewisse Sektoren. Sektor C und D. Das sind die oberen Stockwerke. Für den unteren Teil, A und B, sind andere Mitarbeiter zuständig, sie haben ihr eigenes Büro. Aber falls er in unsere Nähe kommt, werden wir ihn auf den Bildschirmen sehen.«

Für eine Weile starrten sie wortlos auf die Bildschirme. Nichts regte sich in den Räumlichkeiten.

Grace durchbrach die Stille als erstes.

»Ich weiß nicht, aber wäre es nicht das Beste, einfach abzuwarten, bis ich wieder erwache? Dann suchen wir Victor in der realen Welt auf und erklären alles der Polizei?«

Als sie ihren eigenen Worten zuhörte, schüttelte sie gleich den Kopf.

»Nein, die werden uns nie glauben, was hier passiert. Stimmt's?«

»Nein, werden sie wohl nicht. Und wer weiß, wie lange dieser Traum dauert. Wir müssen eine andere Lösung finden.«

Wieder verweilten sie eine Weile in Schweigen.

»Vielleicht müssen wir ihn umbringen, damit alles ein Ende nimmt …« C.J. lehnte sich im Stuhl zurück, ein mulmiges Gefühl breitete sich in ihm aus. Er hätte nie gedacht, dass er jemals in seinem doch eher spießigen Leben auch nur daran denken würde, jemanden umzubringen.

Auch Grace seufzte bei dem Gedanken, doch es gab wohl keine andere Wahl.

»Und wie sollen wir das anstellen? Warten wir, bis er zu uns kommt, und dann …?« Sie konnte den Satz nicht beenden.

»Ja, wahrscheinlich.«

C.J. bemerkte, dass es Grace nicht wohl bei diesem Gedanken war. Er legte ihr eine Hand auf ihre Wange und streichelte sie sanft. Ihre Haut fühlte sich so weich an.

Sie lächelte ihn an, legte ihre Hand auf seine und gab ihm einen Kuss. Sie genossen den Moment der Stille und hielten sich fest im Arm.

»Ich muss zuerst herausfinden, wie ich das vorhin mit der Tür gemacht habe, so haben wir vielleicht eine Chance.«

Er entzog sich sanft ihrer Umarmung, aber seine Augen hielten sie immer noch fest.

»Vergiss nicht, was dir gerade durch den Kopf gegangen ist«, sagte er mit einem Schmunzeln. »Sobald das alles vorbei ist, werden wir es nachholen.«

Grace fühlte sich in ihren Gedanken ertappt und wurde rot. Sie lächelte ihn an. Für einen winzigen Moment konnte sie vergessen, in welch verzwickter Situation sie sich befanden. Dafür war sie ihm sehr dankbar.

»Also«, durchbrach sie die zärtliche Stimmung. »Wie können wir uns vor ihm schützen? Haben wir irgendeine Möglichkeit, uns Zeit zu verschaffen, bis ich wieder erwache?«

»Hmmm…« C.J. strich sich durch die Haare und überlegte. Er hatte eine Idee.

»Vielleicht können wir uns für eine Weile verbarrikadieren.«

C.J. tippte sein Passwort in den Computer ein, doch dieser teilte ihm nur mit, dass dieses falsch sei.

»Mist!« sagte er knurrend.

»Kannst du dich nicht einloggen?«

»Mein Passwort funktioniert nicht. Sie müssen es geändert haben. Und das neue wird einem nur mittgeteilt, wenn man zur Schicht eingeteilt ist.« Doch C.J. ließ sich nicht entmutigen und ging zum Metallschrank, der hinter ihnen an der Wand stand. Er öffnete die Türen und durchforstete die großen Papierrollen, die fein säuberlich aufeinander gestapelt lagen.

»Hier ist es.«

Er nahm eine der Papierrolle heraus und rollte sie auf dem Tisch neben den Bildschirmen aus.

»Was ist das?« fragte Grace und betrachtete die feinen Linien auf dem Papier, die Plangrundrisse zeigte.

»Das hier ist der Abschnitt von dem Gebäudeteil, in dem wir uns aufhalten. Das Gebäude ist in vier

Sektoren unterteilt. A, B, C und D. Wir befinden uns genau hier.« C.J. zeigte ihr den Sicherheitsraum auf dem Plan.

»Jeder dieser Sektoren ist speziell gegen Feuer geschützt.«

»Das heißt?«, fragte sie interessiert.

»Wenn in einem Sektor ein Feuer ausbricht, wird dieser verriegelt, damit das Feuer nicht in die anderen Sektoren gelangen kann. Hier siehst du die Brandschutztüren, die aktiviert werden.«

Grace sah ihn verdutzt an.

»Und was ist, wenn man den Sektor aufgrund des Feuers verlassen muss? Ist man dann eingesperrt?«

»Nein. Es ist alles so konzipiert, dass man die Räume jederzeit verlassen kann, aber niemand kann mehr hinein.«

»Ich verstehe.«

Grace betrachtete den Plan nochmals genau.

»Das heißt also, wir müssen den Feueralarm auslösen und unser Sektor wird geschlossen. So können wir genug Zeit gewinnen und hoffen, dass ich bald erwache.«

»Genau«, bestätigte C.J. »Wenn ich also hier«, er zeigte auf das 10. Stockwerk auf dem Plan, »den Feueralarm auslöse, kann niemand mehr bis zum vierten Stock hochfahren. Die Treppenhäuser werden auch verriegelt.«

»Und von hier aus können wir den Alarm nicht auslösen, weil du dich nicht einloggen kannst.

Stimmt's?«

C.J. nickte. »Ja leider. Deshalb muss ich es manuell versuchen.«

»Wäre es nicht besser, wenn ich das machen würde? Du bist mit deinem Bein nicht mehr der Schnellste.«

Grace zeigte auf seine Wade. Das Blut fing schon an durchzudrücken und hinterließ auf dem Verband ein dunkelrotes Muster.

»Ja, eigentlich schon, aber es ist mir nicht wohl dabei, wenn du hier alleine durch die Gänge irrst. Er könnte schon hier im Gebäude sein. Hier!« Er griff sich ein Walkie-Talkie, dass auf der Ladestation stand, und reichte es ihr. »Kanal 1, so können wir zusammen kommunizieren.«

Er nahm das zweite Walkie-Talkie und stellte den Kanal ein.

»Okay, danke. Also, wo genau muss ich den Feueralarm auslösen?«, fragte sie, während sie das Walkie-Talkie am Hosenbund befestigte.

»Am besten«, er strich über den Plan, »genau hier, in der Cafeteria, die ist im 8. Stock.«

Er erklärte ihr genau, wie sie zur Cafeteria gelangte, und drückte ihr ein Feuerzeug in die Hände.

»Dort steigst du auf einen Tisch und hältst das Feuerzeug unter einen der Rauchmelder an der Decke. So kannst du sie auslösen. Danach musst du aber schnell sein, damit du durch die Brandschutztüren gelangst, bevor sich diese schließen.«

»Cafeteria also, klingt doch gut. So kann ich mir noch was zu essen bestellen«, schmunzelte sie etwas ängstlich.

»Soll nicht besser ich gehen?«, fragte er, als er in ihr bedrücktes Gesicht blickte.

»Nein, nein«, winkte sie ab.

»Ich werde mich beeilen. Und du hast hier die Technik besser im Griff als ich«, sagte sie und fuchtelte mit ihren Händen zu den Monitoren, um ihren Worten Ausdruck zu verleihen. Sie drehte sich um und ging zur Tür hinaus.

»Okay. Dann … bis später.«

»Sei vorsichtig!« rief er ihr nach und entdeckte sie in diesem Moment schon auf den Bildschirmen vor ihm. Sie lief den langen Gang zurück zum Aufzug, mit dem sie in den 8. Stock hinauffuhr.

Als sie den Aufzug wieder verließ, wurde es ihr bei dem Gedanken, alleine in diesem verlassenen Gebäude zu sein, mulmig. War sie denn überhaupt alleine? Oder war Victor schon in ihrer Nähe? Eine Gänsehaut lief ihr über den ganzen Körper. Sie eilte den düsteren Gang hinunter, den ihr C.J. auf den Plänen gezeigt hatte. Links und rechts befanden sich Bürotüren. Jeder Raum war mit Namen versehen, so war ersichtlich, wer normalerweise in diesen Räumlichkeiten seiner Arbeit nachging. Für einen kurzen Moment überlegte sie sich umzudrehen, als sie ein paar

Meter vor sich die Tür zur Cafeteria erblickte.

»Na, so weit ist es ja nicht. Ich packe das«, sagte sie zu sich selber, um sich zu ermutigen. Sie lief mit großen Schritten auf die Tür zu. Sie war zum Glück nicht verschlossen. Als sie den dunklen Raum betrat, suchte sie neben der Tür vergebens die Lichtschalter. Nur das Licht der Snack-Automaten erhellte den fensterlosen Raum etwas, gerade genug, um sich zurechtzufinden. Instinktiv blickte sie zur Decke hoch und sah die Sicherheitskamera. Sie nahm das Funkgerät von ihrem Hosenbund und sprach hinein. Zugleich winkte sie der Kamera zu.

»Clark, hörst du mich?«, hauchte sie in das Walkie-Talkie.

»Klar und deutlich«, antwortete es knisternd.

Es beruhigte sie zu wissen, dass C.J. jeden ihrer Schritte verfolgte.

Sie wusste nicht, dass er nicht der Einzige war, der sie in diesem Moment beobachtete.

29.

C.J. öffnete die oberste Schublade des Schubladenstockes links von ihm und suchte nach seinen Aspirintabletten. Das Bein schmerzte ihn sehr und die Wunde pochte unangenehm bei jedem Herzschlag. Während er beobachtete, wie Grace sich auf einen der Tische hochzog, nahm er gleich zwei Tabletten in den Mund und versuchte, sie trocken herunterzuschlucken.

Ein Schluck Wasser wäre jetzt ein Segen, dachte er und betrachtete den leeren Kaffeebecher vor sich, der noch von seinem letzten Arbeitstag auf dem Tisch stand. Auf einmal blubberte es in der Tasse. Er zuckte zusammen und starrte den mit blauen Punkten verzierten Becher fassungslos an. Die Tasse füllte sich von unten mit Wasser auf, bis sie randvoll war. Vorsichtig tunkte er seinen Zeigefinger in die Flüssigkeit.

Wasser. Ein Schluck Wasser wäre jetzt ein Segen. Ich muss mir nur etwas wünschen.

Es fiel ihm wie Schuppen von den Augen. Das Beben an seinem Handgelenk riss ihn aus seinen Gedanken. Die Uhr leuchtete auf. Während er die Augen zukniff, hörte er ein Knacksen. Als C.J. die Augen wieder öffnen konnte, war ein weiterer Teil der Uhr kaputt. Ein Bruchteil des Ziffernblattes hatte sich aufgelöst. Die Zwölf war nur noch zu erahnen.

Das ist es. Der Stein löst sich bei jedem Wunsch ein Stück auf. Aber was ist, wenn nichts mehr vom Stein übrig ist? Victor muss tatsächlich den Rest des Steines besitzen. Hat er sich die zweite Waffe, mit der er mich angeschossen hat, einfach herbeigewünscht? Tausend Fragen gingen ihm durch den Kopf. Fasziniert strich er über das Ziffernblatt und überlegte sich, was er sich Sinnvolles wünschen könnte. Er blickte auf den Monitor, der die Cafeteria zeigte. Sie war leer. Sein Herz hatte einen Aussetzer. Schnell huschte sein Blick über die anderen Monitore. Alles leer. Seine Augen durchforsteten Monitor für Monitor. Leer. Keine Menschenseele zu erblicken.

Grace! Wo bist du?

»Du hättest dich nicht einmischen sollen«, ertönte eine männliche Stimme aus dem Walkie-Talkie neben ihm.

Victor!

C.J. packte das Walkie-Talkie und drückte zitternd auf die Sprechtaste.

»Wo ist Grace?«

»Na, hier bei mir. Sie kann gerade nicht sprechen, aber lässt dich herzlich grüßen.«

Victors Lächeln über seinen Triumph war deutlich zu hören.

»Lass sie frei. Sie hat dir nichts getan«, knurrte C.J., während er weiterhin die Monitore abklapperte. Zwei der Bildschirme zeigten ein schwarzes Bild. Im 8. Stock, Sitzungszimmer 513/514 waren die Kameras ausgefallen. Das Walkie-Talkie knisterte und ein Schuss war zu hören. Gleichzeitig hüllte sich ein weiterer Monitor in Dunkelheit. 8. Stock, Cafeteria, Eingangsbereich wurde schwarz.

»So hoffnungsvoll, wie die kleine Maus neben mir auf die Sicherheitskameras gelinst hat, gehe ich davon aus, dass du irgendwo hinter Bildschirmen sitzt. Aber das wird dir nichts nützen.«

Ein weiterer Schuss war zu hören und Monitor 12 wurde schwarz.

»Lass sie gehen, verdammt!« C.J. wurde mit jedem Schuss nervöser und versuchte verzweifelt, einen klaren Gedanken zu fassen. Die Hälfte des 8. Stockwerkes war dunkel, also musste er irgendwo dort sein.

»So, Clarky. Ich denke, jetzt habe ich deine ganze Aufmerksamkeit. Dann lass uns doch reden. Ich stelle die Fragen, du antwortest.«

C.J. stand auf, verließ das Sicherheitsbüro und ging Richtung Treppenhaus. Er drückte erneut die Sprechtaste des Walkie-Talkies, welches er fest in seiner Hand umklammerte.

»Na dann, leg los mit der Fragerunde.«

»Na also, geht doch. Also. Erste Frage: Wieso bist du hier?«

»Weil ich Grace vor einem widerlichen Scheißkerl beschützen muss.«

C.J. öffnete die Tür zum Treppenhaus und stieg die Treppenstufen hinunter.

»Hey, hey. Nicht so unhöflich gegenüber deinem vermeintlichen Vater. Ich habe da nämlich eine verängstigte Schlampe neben mir und der Lauf meiner Waffe blickt direkt in ihr süßes, unschuldiges Gesicht.«

C.J. drehte es bei diesen Worten den Magen um.

»Und wie kommst *du* in diesen Traum? Hast du auch einen Stein?«

Für einen kurzen Moment war es still am anderen Ende der Leitung und C.J.s Herz fing an zu rasen. Er hatte offensichtlich recht und hoffte, Grace mit seinen Worten nicht noch mehr in Gefahr zu bringen. Als das Funkgerät wieder knackte, atmete er erleichtert auf.

»Ich stelle hier die Fragen. Nicht du! Ich denke, du hast etwas, was mir gehört. Deshalb bist du hier, stimmt‘s?«

»Na, dann komm doch und hol‘s dir. Ich nehme an, du sprichst von der Uhr?«

»Ja genau. Ich will die Uhr.«

»Und wenn du die Uhr hast, lässt du uns gehen?«

»Wenn ich die Uhr habe, lasse ich *sie* gehen.«

C.J. hörte die Anspielung. Aber dass er Grace laufen lassen würde, reichte ihm für den Moment.

Er torkelte schmerzerfüllt die Treppenstufen hinauf. Die Schmerztabletten zeigten noch keine Wirkung. Als er im 8. Stockwerk ankam, drückte er erneut auf die Sprechtaste, redete aber etwas leiser, da er sich ihnen langsam näherte. Er wollte nicht, dass Victor ihn schon auf dem gleichen Stockwerk bemerkte.

»Na gut, das ist ein Deal. Ich komme zu euch. Wo seid ihr?«

»8. Stock, Zimmer 517. Und keine Dummheiten.«

»Das war aber eine kurze Fragerunde«, antwortete ihm C.J.

»Ich wollte nur eine richtige Antwort hören. Bring mir die Uhr.«

»Okay. Ich komme.«

Zimmer 517, das musste der große Hörsaal sein, der normalerweise für große Sitzungen benutzt wurde. Der Raum besaß genug Sitzgelegenheiten für die ganze Belegschaft der Futuremile. C.J. war bisher nur einmal für eine Rede in diesem Raum gewesen. Damals wurde zwei Stunden lang über langweilige Geschäftszahlen gesprochen. Er war zu dieser Zeit noch neu in der Firma und musste die Pflichtveranstaltung besuchen, um die Tätigkeiten des Arbeitgebers besser kennenzulernen. Der Saal hatte Ähnlichkeit mit den Hörsälen, die er am College für seine Vorlesungen besuchte.

Als er an der großen, edlen Holztür stand, hinter welcher sich der Saal befand, atmete er ein paarmal tief durch.

Okay, C.J., wie kommen wir hier heil raus?

Der Hörsaal hatte drei Eingänge. Zwei gegenüber dem Rednerpult und einer oben an den Treppen bei den Sitzplätzen, ähnlich wie in einem Theater. Er befand sich beim Eingang oben. Der eiserne, edel geschwungene Türgriff fühlte sich in seinen verschwitzten Händen sehr kalt an. Er öffnete die Tür behutsam, da er nicht wusste, wo im Raum sich die beiden anderen aufhielten. Als er Grace auf dem Sprechpodium erblickte, atmete er erleichtert auf.

Sie lebt.

Sie war an einen Stuhl gefesselt und ihr Mund war mit einem Tuch geknebelt.

Sie kann gerade nicht sprechen, hallten Victors Worte in seinem Kopf.

»Ah, da bist du ja schon. Herzlich Willkommen.« Victor stand rechts neben Grace und hielt seine Glock auf sie gerichtet.

»Lass sie gehen«, sagte C.J.

»Gib du mir zuerst die Uhr«, erwiderte Victor mit einem Lächeln.

»Grace, geht es dir gut?« C.J. versuchte Grace telepathisch zu erreichen.

»Den Umständen entsprechend«, antwortete Grace, ohne einen Mundwinkel zu verziehen. Gott sei

Dank, es klappte. Das Beben und Knacksen an seinem Handgelenk bestätigten ihm seine Theorie mit den Wünschen. Er hielt die Hand auf den Rücken, damit Victor das Leuchten des Ziffernblattes nicht sehen konnte.

»Clark, wenn du ihn etwas hinhalten kannst, kann ich mich von den Fesseln befreien. Aber ich brauche einen Moment.«

»Geht klar. Sag mir, wann du bereit bist, dann renne so schnell du kannst zum Ausgang neben dir.«

»Okay.«

Victors schnippte mit den Fingern und unterbrach ihre Kommunikation.

»Hallo? Also, was ist nun? Bring mir die Uhr!«

C.J. ging zwei Schritte die Treppe hinunter und blieb neben dem Beamergerät stehen.

»Und dann lässt du sie gehen?« C.J. versuchte etwas Zeit zu gewinnen und Victor noch eine Weile hinzuhalten. Währenddessen versuchte Grace mit den Fingern zu ihrem Hosenbund zu kommen. Sie ertastete den Brieföffner, den sie im Empfangssaal eingepackt hatte, und fing an, das Seil damit zu zerschneiden, ohne dass Victor neben ihr etwas bemerkte.

Hoffentlich ist das Ding scharf genug.

Ihre schwitzigen Hände machte das Unterfangen nicht gerade einfacher.

»Ja, dann lasse ich sie gehen.« Victor zielte nun auf C.J.

»Okay, okay.« C.J. streckte seine Hände in die

Höhe, um zu zeigen, dass er unbewaffnet war. Er griff sich langsam ans Handgelenk, an der sich die Uhr befand, und tat so, als würde er den Verschluss öffnen.

»Bevor du mich umbringst, sag mir doch wenigstens, wie du es anstellst?«

Victor zögerte kurz, ließ dann aber seine Hand in den Mantel gleiten und nahm ein winziges Steinchen heraus.

»Damit. Das ist das zweite Stück des Amulettes, aus dem offensichtlich deine Uhr besteht. Willst du wissen, wie ich dazu gekommen bin?« Victor fing an zu lächeln. »In der Nacht, als deine Mutter starb, habe ich Sue einen Teil des Edelsteins in die kalten, toten Hände gedrückt und den anderen Teil an mich genommen. Als Erinnerung. Bis dahin dachte ich, es sei alles nur reiner Zufall. Aber sieh' uns an! Nach einigen Jahren habe ich herausgefunden, wie ich es anstellen muss, um in die Träume zu gelangen. Und vor allem habe ich das Wichtigste, den Zusammenhang mit dem Traumkraut herausgefunden. Wusstest du, dass deine Mama nicht träumen konnte?«

»Ja, das habe ich in ihren Tagebüchern gelesen.«

»Ah ja, die Tagebücher. Sie musste immer, bevor sie schlafen ging, in ihr Tagebuch schreiben.« Victor versank kurz in seinen Erinnerungen an Sue.

»Ich verstehe«, sagte C.J. »Aber wieso, Victor? Wieso tust du das alles?«

»Ganz einfach, Clarky. Weil ich es kann!« Victor grinste widerlich.

»Du bist ein krankes, perverses Schwein! All die Frauen mussten leiden und sterben, nur weil sie wie meine Mutter aussahen!«

C.J. wurde übel.

»Der Kandidat hat 100 Punkte.«

»Und wieso hast du die Frauen nicht einfach umgebracht, statt sie Nacht für Nacht leiden zu lassen?«, fragte C.J., obwohl er die Antwort schon lange kannte. Doch Grace brauchte noch einen Moment um sich vom Stuhl los zuschneiden.

»Ich wollte sie leiden sehen. So sehr leiden, wie mich deine Mutter hat leiden lassen. Sie hat mich damals einfach verlassen. Im Stich gelassen!«, sagte Victor rasend. »Ich musste natürlich ausprobieren wozu ich alles imstande bin. Was kann ich in den Träumen machen? Wie groß ist meine Macht? Und du hast keine Ahnung, wieviel ich bewirken kann, wenn ich nur will.«

Victor machte eine große Handbewegung, danach ließ er den Stein wieder in seine Tasche fallen.

Der Stein war in seiner Hand kaum sichtbar. Viel war offenbar nicht mehr übrig. Wenn C.J. in seinen Annahmen richtig lag, musste sich Viktor folglich mit seinen Tricks in Grenzen halten, was ihnen nur recht war.

»Und wenn es mir zu langweilig wurde, habe ich sie umgebracht. Und dann, dann habe ich mir die nächste Sue gesucht.« Victor feixte. »Und deshalb habe ich auch die Süße neben mir ausgesucht. HEY! Wo ist sie?!« Er drehte sich einmal im Kreis. Grace hatte sich vom Seil befreit und war aus dem Raum geschlichen.

»Grace, wo bist du?«

»Bei der Galerie, ich kann von hier aus auf den Empfangssaal herunterblicken.«

Sie war also im 7. Stock. Beide unteren Eingänge des Hörsaales waren mit dem 7. Stock verbunden, da sich der ganze Saal über zwei Stockwerke zog. C.J. wartete, bis Victor beim Versuch, Grace zu finden, seine Drehungen beendet hatte und zu ihm hinaufschaute. Genau in diesem Moment betätigte er den grünen Schalter des Beamers neben ihm und hechtete in eine der Sitzreihen. Das Licht des Beamers blendete Victor so stark, dass er nicht mehr in die obersten Reihen sehen konnte. Er fing an, mit seiner Waffe ziellos auf die Sitzreihen zu schießen, in der Hoffnung, C.J. zu treffen. Dieser flüchtete geduckt die Reihen entlang und schaffte es zum Ende des Ganges, ohne eine Kugel abzubekommen. Immer noch mit eingezogenem Kopf zog er sich der Wand entlang Richtung Tür, die sich auf der rechten Seite des wild um sich ballernden Schützen befand, in der Hoffnung, dass er sich auf die obere Tür fokussierte. Doch Victor bemerkte im letzten Moment, wie C.J. aus der Tür verschwand, stürzte hinterher und feuerte weitere Schüsse ab. Dabei zerbarsten die großen Fensterfronten auf der Galerie, welche den Blick auf die Empfangshalle ermöglichten. Die Scherben fielen die sieben Stockwerke tief und landeten mit lautem Klirren auf dem Boden.

Verdammte Scheiße! Wenn ihm nur die Munition ausgehen würde! C.J. erwartete noch weitere Schüsse, als er humpelnd weiterging, doch er hörte auf einmal nur noch das Klackern der leeren Glock hinter sich. Er drehte sich um und sah einen wütenden Victor auf sich zukommen.

»Du hast also herausgefunden, wie du das mit der Traumveränderung anstellst«, knurrte Victor wütend, als er die leere Waffe beiseite warf.

Das war ich!

»Jetzt reicht's aber!« Victor erschien am Ende seiner Geduld. Er schloss die Augen und erhob seine Arme. Das ganze Gebäude fing an zu beben und C.J. stürzte. Grace, die einige Meter hinter C.J. stand, konnte sich an einem Geländer an den Fensterfronten festhalten, doch das Erdbeben wurde immer stärker. Victor taumelte auf C.J. zu und packte sich ein Stück des Metallgeländers, das durch das Beben abgebrochen war.

»AUFHÖREN!«, schrie C.J. und das Beben hörte abrupt auf.

»Du hast keine Chance.«

Victor stand vor C.J. und schlug ihm mit der Eisenstange direkt ins Gesicht. Blut spritzte aus seinem Mund und er drehte sich hustend auf alle

Viere. Victor erhob die Stange nochmals und schlug ihm auf den Rücken. Der Schlag ließ ihn definitiv zu Boden sacken. Grace lief zurück zu den beiden und ließ derweil den Brieföffner über den Boden in C.J.s Richtung schlittern, der ihn sogleich packte. Er drehte sich auf den Rücken zurück und stieß den spitzen Teil mit aller Wucht in Victors Bein. Dieser jaulte auf und sackte auf die Knie. Bevor Grace die beiden erreicht hatte, ließ Victor die Eisenstange fallen und erhob erneut seine Hände.

»Du bleibst, wo du bist!«

C.J. rappelte sich auf und sah fassungslos zu, wie Grace durch die Luft geworfen wurde und mit voller Wucht auf den Boden prallte. Sie blieb regungslos liegen.

»So. Nur noch du und ich.«

Victor nahm erneut die Eisenstange und ging auf C.J. los. Dieser konnte sich noch knapp ducken und hechtete auf Victor zu, um ihn mit voller Kraft umzuwerfen. Als Victor kurz nach Luft japste, griff ihm C.J. in die Tasche seines Trenchcoats und wühlte nach dem Krümel, der vom Edelstein übrig war. Sobald er ihn zu fassen kriegte, warf er ihn in die Eingangshalle hinunter.

»NEIN!«, schrie Victor. Er warf C.J. über sich auf den Boden, stand auf und rammte ihm seinen Schuh in die Rippen. C.J. schnappte nach Luft und versuchte sich zu bewegen, doch der

Schmerz der offensichtlich gebrochenen Rippe lähmte ihn und ihm wurde kurz schwarz vor den Augen. Er atmete tief durch und schaffte es gerade noch, sich aufzurappeln, bevor Victor mit der Eisenstange erneut auf ihn losging. C.J. packte Victor am Kragen und wuchtete ihn in die Glasscheibe. Beide hielten einander am Hals fest und pressten sich die Luftröhren zu. Victor gelang es, C.J. mit aller Kraft auf die Seite zu stoßen und ihn an die Glaswand zu drücken, ohne dabei seinen Würgegriff zu lösen. C.J. bekam keine Luft mehr und musste Victors Hals freigeben, damit er dessen Hände davon abhalten konnte, ihn zu erwürgen. Doch sein Gegenüber war zu stark und er zu geschwächt. Er fing an zu blinzeln und merkte wie sein Körper durch den Sauerstoffmangel langsam zusammensackte. Sein getrübter Blick erhaschte Grace. Sie war wieder bei Bewusstsein. *Gott sei Dank!*

Er beobachtete, wie sie sich die Waffe mit dem leeren Magazin schnappte und auf Victor zielte. *Geladene Waffe,* dachte er knapp und hörte sogleich, wie sie den Schuss abfeuerte. Die Kugel schoss aus dem Lauf der Waffe, durchbohrte Victors Schulterblatt und flog ungehindert weiter durch die Scheibe hinter ihnen. Das Glas zerbarst klirrend und riss beide Männer mit in die Tiefe. *Nicht sterben.*

Epilog

»**O**h, meine Blase lässt mir keine Ruhe«, sagte Judith, während sie sich wieder zu den anderen an den Esstisch setzte.

»13. Woche also?«, fragte C.J., der ihr gegenübersaß.

»Sie hat doch tatsächlich schon den Krankenhauskoffer gepackt.«

Dean grinste seine wunderschöne, schwangere Frau an.

»Du weißt ja, ich überlasse nichts dem Zufall.« konterte Judith mit einem sarkastischen Lächeln.

»Na, erzählt, wie war es in Santa Barbara?«

Die Frage war an Grace gerichtet.

»Einfach fantastisch!«, antwortete Grace und griff nach C.J.'s Hand.

C.J. lächelte sie versonnen an.

Nachdem er vor gut drei Monaten mit einer Schusswunde im Bein, zwei gebrochenen Rippen und den ganzen Körper übersät mit Blutergüssen neben Grace auf der Couch erwacht war, wusste er, dass der Albtraum ein Ende gefunden hatte.

Sie beschlossen gemeinsam, sich eine Weile zurückzuziehen, um niemandem Rechenschaft über ihre Verletzungen ablegen zu müssen. Das hätte ihnen wohl sowieso niemand geglaubt. Sie ließen sich von ihren Arbeitgebern ein paar Tage frei geben, setzten sich in C.J.'s Auto und fuhren planlos davon. Erst nachdem sie einige Meilen hinter sich und Chicago gebracht hatten, ließ sich C.J. in einem Provinzkrankenhaus so anonym wie möglich seine Schusswunde verarzten.

Ihre weitere Reise brachte sie eher zufällig an die kalifornischen Küste nach Santa Barbara. Als sie in einem kleinen Bed and Breakfast eingecheckt hatten, buchten sie bei der älteren, sehr freundlichen Dame an der Rezeption als erstes eine Walbeobachtungstour. Mit einem kleinen Fischkutter fuhren sie am nächsten Tag hinaus aufs offene Meer. Noch bevor die riesigen Buckelwale neben dem Kutter auftauchten und ihre mächtigen Schwanzflossen in die Höhe streckten, ließ C.J. seine Uhr über die Reling in den Ozean fallen.

Für immer in den Tiefen verschollen. Es wird sich niemals wiederholen.

»Noch etwas Nachschub?« Judith griff nach dem Löffel im Kartoffelauflauf und schöpfte sich noch etwas in ihren Teller. »Ich kriege im Moment nicht genug davon.« Sie grinste und streichelte über ihren Bauch. »Muss ja schließlich für zwei essen.«

»Nein danke. Bin bis oben voll.«

Grace imitierte Judiths Geste, aber um zu zeigen, dass sie nichts mehr runterbrachte.

»Du warst also nochmal auf dem Friedhof?« Grace richtete die Frage an ihren Cousin.

»Ja, letzte Woche. Der Friedhofgärtner wollte wissen, wann der Grabstein deiner Mutter endlich geliefert wird.«

Grace dachte an das letzte Gespräch mit ihrer Mutter. Sie war froh gewesen, sie noch einmal besucht zu haben, bevor sie starb. Sie konnten gemeinsam einiges klären und die Vergangenheit, die sie jahrelang belastet hatte, endlich hinter sich lassen.

»Ich glaube, nächste Woche werden sie ihn liefern, soweit ich weiß«, antwortete sie.

C.J. nahm die Weinflasche und schenkte die Gläser nach.

»Jude, nimmst du noch etwas Saft?«, fragt er etwas zurückhaltend. Er wusste, wie sehr sie sich danach sehnte, sich wieder einen Schluck Wein genehmigen zu dürfen.

»Gerne.«

Sie streckte ihm das Glas hin. Er ging damit in die Küche von Graces Appartement und holte den Saft aus dem Kühlschrank, als sein Handy klingelte.

»Hallo?«

»Hey C.J! Lange nicht gehört! Wie geht's, wie steht's, Kumpel?«

C.J. musste lächeln, als er Jases Stimme am anderen Ende der Leitung hörte.

»Hey Jase, du sagst es. Ist ein Weilchen her. Alles gut bei uns. Wir sind gerade zurück aus unserem Kurzurlaub.«

»Na, dann hast du mir ja einiges zu erzählen? Später im Eddie's auf ein Bier?«

Grace gesellte sich zu C.J., tippte ihm auf die Schulter, um ihm zu zeigen, dass sie das Handy kurz wollte.

»Hey Jase, alter Knabe, alles klar bei der Frauenjagd?«, fragte sie.

»Na, hallo Grace. Geht so. Die Schönste ist ja schon vergeben.« Grace konnte Jases freches Grinsen förmlich hören. »Falls du genug von C.J. hast, weißt du ja, wo du mich findest.«

Grace musste ob dieser sympathischen Anmache schmunzeln. Sie wusste, dass Jase immer einen flotten Spruch auf Lager hatte.

»Hör zu, ich wollte dir nur kurz mitteilen, du bist nun auf der VIP-Liste des Seventy-Nine. Du kannst also jederzeit in den Club, wenn du willst.«

»Ach echt? Ist ja der Wahnsinn! Danke!«, rief Jase glücklich.

Grace gab C.J. das Handy wieder zurück und setzte sich wieder an den Tisch.

»Na, dann treffen wir uns wohl später im Club?«, fragte C.J., das Handy wieder am Ohr.

»Na klar, Alter! Na dann, bis später!«

C.J. legte auf und brachte Judith ihren Saft.

Auf der anderen Seite der Stadt lag Victor völlig nackt, nur mit einem Leinentuch bedeckt auf einer eiskalten Bahre. Doch die Kälte störte ihn in seinem Zustand nicht mehr. Seine Obduktion war noch in vollem Gange. Dr. Samuel Pierce stand vor ihm und blickte konzentriert auf ihn herab, während er in sein Aufnahmegerät sprach.

»Neben einer gebrochenen Nase, die unmöglich die Todesursache sein kann, weist der Tote etliche blaue Flecken auf. Nach Entnahme der Organe bin ich zum Schluss gekommen, dass der Subjekt V.C. einem Herzstillstand erlegen ist. Wie er sich die blauen Flecken und den Nasenbruch zugezogen hat, ist bisher unklar. Eine Fremdeinwirkung ist offensichtlich auszuschließen. Der Tote wurde vor drei Tagen in seiner Wohnung, sitzend auf einem Sessel, vorgefunden. Jedoch muss aufgrund des Zustandes der Leiche die Todeszeit schon einige Wochen zurückliegen. Das Einzige, was Subjekt V.C. bei sich hatte, war eine Schachtel eines Schlafmedikamentes namens ›Silene Capensis‹ in der Hosentasche, und ein violetter, kleiner Stein, den er in seiner Hand festhielt. Für heute beende ich die Untersuchung und dokumentiere die bisherigen Befunde noch in schriftlicher Form.«

Der Gerichtsmediziner legte sein Aufnahmegerät auf den Schreibtisch neben die Akte des Toten und ging zurück zum leblosen Körper, um diesen in eine der Kühlboxen zurückzubefördern. Er nahm eine Plastiktasche und beschriftete diese mit Victors Initialen. Nachdem er die Schlaftabletten in die Tasche gesteckt hatte, wollte er den Edelstein ebenfalls dazu legen. Doch etwas hinderte ihn daran. Er ließ den Stein in seine Handfläche kullern und betrachtete ihn ganz ausführlich. Er war gebannt von seinem Anblick. *Wunderschön! Sieht aus wie ein kleines Universum.*
Er drehte sich einmal kurz um, um sich zu vergewissern, der einzige mit einem schlagenden Herzen in diesem Raum zu sein, und ließ den Stein dann verstohlen in seiner Hosentasche verschwinden.

Danksagung

Mein Dank gilt den Menschen, die mitgeholfen haben, diesen Mystery Roman zu Papier zu bringen. Meinem Mann Roger für Kritik, Anregung und für seine unendliche Geduld mit mir. Nina Rüeger die es sich trotz anderweitiger Verpflichtungen nicht nehmen ließ, dieses Buch zu lektorieren. Meiner Mutter Verena sowie meiner Schwester Ramona, die mich gefördert und ermutigt haben. Herrn Dr. Andreas Born, der mir bei medizinischen Fragen zur Seite stand. Sowie den vielen anderen Menschen, die mich motiviert und inspiriert haben.